我俩在一块儿，要好好儿活……

——史铁生

　　我的孩子们！憧憬于你们的生活的我，痴心要为你们永远挽留这黄金时代在这册子里。

——丰子恺

竹几一燈人做夢　子愷

无论怎说吧，过去的一切都不可移动；实在，所以可靠；
明天的渺茫全仗昨天的实在撑持着，新梦是旧事的拆洗缝补。

——老舍

人散後一鈎新月天如水

像这样舒畅的夜谈，却终于只有这一夜，这一夜呀！

——郑振铎

春日臈舌，花吹滿頭

　　人间的事，只要生机不灭，即使重遭天灾人祸，暂被阻抑，终有抬头的日子。

——丰子恺

手倦抛书午梦长　子恺画

只要你认识了这一部书，你在这世界上寂寞时便不寂寞，穷困时不穷困，苦恼时有安慰，挫折时有鼓励，软弱时有督责，迷失时有南针。

——徐志摩

前面好青山
舟人不肯住

子恺画

在这春夏间美秀的山中或乡间你要是有机会独身闲逛时，那才是你福星高照的时候，那是你实际领受，亲口尝味，自由与自在的时候，那才是你肉体与灵魂行动一致的时候。

——徐志摩

相逢意氣為君飲 繫馬高樓垂柳邊

子愷畫

高尔基论前辈托尔斯泰时，曾说："一日能与此人生活在相同的地球上，我就不是孤儿。"

——余光中

我从未如此眷恋人间

史铁生 汪曾祺 等 著

读者出版社

图书在版编目（CIP）数据

我从未如此眷恋人间 / 史铁生等著. -- 兰州：读者出版社，2022.2（2025.9重印）
ISBN 978-7-5527-0667-3

Ⅰ. ①我… Ⅱ. ①史… Ⅲ. ①散文集－中国－现代②散文集－中国－当代 Ⅳ. ①I266

中国版本图书馆CIP数据核字（2021）第260050号

我从未如此眷恋人间

史铁生 汪曾祺 等 著

总 策 划 禹成豪 马 伟
责任编辑 房金蓉
封面设计 周周设计局

出版发行 读者出版社
地　　址 兰州市城关区读者大道568号（730030）
邮　　箱 readerpress@163.com
电　　话 0931-2131529（编辑部）　0931-2131507（发行部）

印　　刷 山东新华印务有限公司
规　　格 开本 880毫米×1230毫米　1/32
　　　　 印张 8.5　插页1　字数209千
版　　次 2022年2月第1版
　　　　 2025年9月第9次印刷
书　　号 ISBN 978-7-5527-0667-3
定　　价 49.80元

如发现印装质量问题，影响阅读，请与出版社联系调换。

本书所有内容经作者同意授权，并许可使用。
未经同意，不得以任何形式复制。

目录

第二辑

总有人用心，
总有人挂念

第三辑

最是难忘，
一碗人间烟火味

第一辑

———

要好好儿活、
有趣地活着

早起，穿着有条纹的睡衣裤，趿着凉鞋，抱红泥小火炉置街门外，手持破蒲扇，对着火炉徐徐扇之，俄而浓烟上腾，火星四射，直到天地氤氲，一片模糊。烟火中人，谁能不事炊爨？这是表示国泰民安，有米下锅，不亦快哉！

人间

史铁生

"瘫痪后你是怎么……譬如说,你是……?"记者一时不知怎么说好,双手像是比画着一个圆球。

我懂了他的意思,说:"那时我只想快点死。"

"哪里哪里,你太谦虚。"他微笑着,望着我。

可我那时是真想死,不记得怎么谦虚过。

"你是不是觉得不能再为人民……所以才……"

我摇摇头,想起了我那时写过的一首诗:轻推小窗看春色,漏入人间一斜阳……

"那你为什么没有……"记者像是有些失望了。

我说,我是命运的宠儿。他奇怪地瞪着我。

"您看我这手摇车,是十几个老同学凑钱给我买的……看这弹簧床,是个街坊给我做的……这棉裤,是邻居朱奶奶做的……还有这毛衣——那个女孩子也在我们街道生产组干过……生产组的门窄,手摇车进不去,一个小伙子天天背我……"

记者飞快地记着。"最好说件具体的。"他说。

我想了一会儿,找出了那张粮票(很破,中间贴了一条白纸)。

"前些年，您知道它对一个陕北的农民来说等于什么吗？"我说，"也许等于一辆汽车，也许等于一所别墅；当然，要看和谁比。不过，它比汽车和别墅可重要多了；为了舍不得这么张小纸片，有时会耽误了一条人命。"

记者看看那粮票，说："是陕西省通用的？"

"是。可他不懂。我寄还给他，说这在北京不能用。他又给我寄了回来，说这是他卖了留着过年用的十斤好黄米才得来的，凭什么不能用？噢，他是我插队时的房东老汉，喂牛的……"

有些事我不想对记者说。其实，队里早不让他喂牛了；有一回，他偷吃了喂牛的黑豆……

"他说，这十斤粮票，我看病时用得着。"

"看病？用粮票？"记者问。看来他没插过队。

"比送什么都管用，他以为北京也是那样。后来我才知道，他儿子的病是怎么耽误的。我没见过他的儿子，那时他只带个小孙女一块儿过。"

我和记者都沉默着，看着那张汗污的粮票。

"现在怎么样？"记者问我，"你们还有联系吗？"

"现在有现在的难处，要是把满街贴广告的力气用来多生产点像样的缝纫机就好了。"

记者没明白。

"前些日子他寄钱来，想给他孙女买台缝纫机，他自己想要把二胡。可惜，我只帮他买到了二胡。他说，缝纫机一定得买最好的，要不他孙女该生气了。简直算得上是忘本了吧？"

记者笑了，吹去笔记本上的烟灰："还是回到正题上来吧。你是怎么战胜了……譬如说……"

"还有医院的大夫，常来家看我……还有生产组的大妈们，冬天总在火炉上烤热两块砖，给我垫在脚下……还有……唉！我说不好，也说不完。"

秋天的怀念

史铁生

　　双腿瘫痪后，我的脾气变得暴怒无常。望着望着天上北归的雁阵，我会突然把面前的玻璃砸碎；听着听着李谷一甜美的歌声，我会猛地把手边的东西摔向四周的墙壁。母亲就悄悄地躲出去，在我看不见的地方偷偷地听着我的动静。当一切恢复沉寂，她又悄悄地进来，眼边红红的，看着我。"听说北海的花儿都开了，我推着你去走走。"她总是这么说。母亲喜欢花，可自从我的腿瘫痪后，她侍弄的那些花都死了。"不，我不去！"我狠命地捶打这两条可恨的腿，喊着："我可活什么劲儿！"母亲扑过来抓住我的手，忍住哭声说："咱娘儿俩在一块儿，好好儿活，好好儿活……"

　　可我却一直都不知道，她的病已经到了那步田地。后来妹妹告诉我，她常常肝疼得整宿整宿翻来覆去地睡不了觉。

　　那天我又独自坐在屋里，看着窗外的树叶"唰唰啦啦"地飘落。母亲进来了，挡在窗前："北海的菊花开了，我推着你去看看吧。"她憔悴的脸上现出央求般的神色。"什么时候？""你要是愿意，就明天？"她说。我的回答已经让她喜出望外了。"好吧，就明天。"我说。她高兴得一会儿坐下，一会儿站起："那就赶紧准备准备。""哎呀，烦不烦？几步路，有什么好准备的！"她也笑了，坐在我身边，絮絮叨叨地说着："看完菊花，咱们就去'仿膳'，你小时候最爱吃那儿的豌豆黄儿。还记得那回我带你去北海吗？你偏说那杨树花是毛毛虫，跑着，一脚踩扁一个……"她忽然不说了。对于"跑"和"踩"一类的字眼儿。她比我还敏感。她又悄悄地出去了。

她出去了，就再也没回来。

邻居们把她抬上车时，她还在大口大口地吐着鲜血。我没想到她已经病成那样。看着三轮车远去，也绝没有想到那竟是永远的诀别。

邻居的小伙子背着我去看她的时候，她正艰难地呼吸着，像她那一生艰难的生活。别人告诉我，她昏迷前的最后一句话是："我那个有病的儿子和我那个还未成年的女儿……"

又是秋天，妹妹推我去北海看了菊花。黄色的花淡雅，白色的花高洁，紫红色的花热烈而深沉，泼泼洒洒，秋风中正开得烂漫。我懂得母亲没有说完的话。妹妹也懂。我俩在一块儿，要好好儿活……

两行写在泥土地上的字

季羡林

　　夜里有雷阵雨，转瞬即停。"薄云疏雨不成泥"，门外荷塘岸边，绿草坪畔，没有积水，也没有成泥，土地只是湿漉漉的。一切同平常一样，没有什么特异之处。

　　我早晨出门，想到外面呼吸点新鲜空气，这也同平常一样，并没有什么特异之处。然而，我的眼睛一亮，蓦地瞥见塘边泥土地上有一行用树枝写成的字：

　　　　季老好　　98级日语

　　回头在临窗玉兰花前的泥土地上也有一行字：

　　　　来访　　98级日语

　　我一时懵然，莫名其妙。还不到一瞬间，我恍然大悟：98级是今年的新生。今天上午，全校召开迎新大会；下午，东方学系召开迎新大会。在两大盛会之前，这一群（我不知道准确数目）从未谋面的十七八九岁男女大孩子们，先到我家来，带给我无法用言语形容这一番深情厚谊。但他们恐怕是怕打扰我，便想出了这一个惊人的匪夷所思的办法，用树枝把他们的深情写在了泥土地上。他们估计我会看到的，便悄然离开了我的家门。

我果然看到他们留下的字了。我现在已经望九之年，我走过的桥比这一帮大孩子走过的路还要长，我吃过的盐比他们吃过的面还要多，自谓已经达到了"悲欢离合总无情"的境界。然而，今天，我一看到这两行写在泥土地上的字，我却真正动了感情，眼泪一下子涌出了眼眶，双双落到了泥土地上。

我是一个平凡的人，生平靠自己那一点勤奋，做出了一点微不足道的成绩。对此我并没有多大信心。独独对于青年，我却有自己一套看法。我认为，我们中年人或老年人，不应当一过了青年阶段，就忘记了自己当年穿开裆裤的样子，好像自己一生下就老成持重，对青年总是横挑鼻子竖挑眼。我们应当努力理解青年，同情青年，帮助青年，爱护青年。不能要求他们总是四平八稳，总是温良恭俭让。我相信，中国青年都是爱国的，爱真理的。即使有什么"逾矩"的地方，也只能耐心加以劝说，惩罚是万不得已而为之的。一个国家，一个民族，如果对自己的青年失掉了信心，那它就失掉了希望，失掉了前途。我常常这样想，也努力这样做。在风和日丽时是这样，在阴霾蔽天时也是这样。这要不要冒一点风险呢？要的。但我人微言轻，人小力薄，除了手中的一支圆珠笔以外，就只有嘴里那三寸不烂之舌，除了这样做以外，也没有别的办法。

大概就由于这些情况，再加上我的一些所谓文章，时常出现在报纸杂志上，有的甚至被选入中学教科书，于是普天下青年男女颇有知道我的姓名的。青年们容易轻信，他们认为报纸杂志上所说的都是真实的，就轻易对我产生了一种好感，一种情意。我现在几乎每天都能收到全国各地，甚至穷乡僻壤、边远地区青年们的来信，大中小学生都有。他们大概认为我无所不能，无所不通，而又颇为值得信赖，向我提出各种各样的问题，有的简直石破天惊；有的向我倾诉衷情。我想，有的事情他们对自己的父母也未必肯诉的，比如想轻生自杀之类，他们却肯对我讲。我读到这些书信，感动不已。我已经到了风烛残年，对人生看得透而又透，只等造化小儿给我的生命画上句号。然而这些素昧平生的男女大孩子的信，却给我重新注入了生命的活力。苏东坡的词说："谁道人生无再少？门前流水尚能西。休将白发唱黄鸡。"我确实有"再少"之感了，这一切我都要感谢这些男女大孩子们。

东方学系98级日语专业的新生，一定就属于我在这里所说的男女大孩子们。他（她）们在五湖四海的什么中学里，读过我写的什么文章，听到过关于我的一些传闻，脑海里留下了我的影子。所以，一进燕园，赶在开学之前，就迫不及待地把自己那一份情意，用他们自己发明出来的也许从来还没有被别人使用过的方式，送到了我的家门来，惊出了我的两行老泪。我连他们的身影都没有看到，我看到的只是清塘里面的荷叶。此时虽已是初秋，却依然绿叶擎天，水影映日，满塘一片浓绿。回头看到窗前那一棵玉兰，也是翠叶满枝，一片浓绿。绿是生命的颜色，绿是青春的颜色，绿是希望的颜色，绿是活力的颜色。这一群男女大孩子正处在平常人们所说的绿色年华中，荷叶和玉兰所象征的正是他们。我想，他们一定已经看到了绿色的荷叶和绿色的玉兰。他们的影子一定已经倒映在荷塘的清水中。虽然是转瞬即逝，连他们自己也未必注意到。可他们与这一片浓绿真可以说是相得益彰，溢满了活力，充满了希望，将来左右这个世界的，决定人类前途的正是这一群年轻的男女大孩子们。他们真正让我"再少"，他们在这方面的力量绝不亚于我在上面提到的那些全国各地青年的来信。我虔心默祷——虽然我并不相信——造物主能从我眼前的八十七岁中抹掉七十年，把我变成一个十七岁的少年，使我同他们一起学习，一起娱乐，共同分享普天下的凉热。

窗子以外

林徽因

话从哪里说起？等到你要说话，什么话都是那样渺茫得找不到个源头。

此刻，就在我眼帘底下坐着是四个乡下人的背影，一个头上包着黯黑的白布，两个褪色的蓝布，又一个光头。他们支起膝盖，半蹲半坐的，在溪沿的短墙上休息。每人手里一件简单的东西，一个是白木棒，一个篮子，那两个在树荫底下我看不清楚。无疑的他们已经走了许多路，再过一刻，抽完一筒旱烟以后，是还要走许多路的。兰花烟的香味频频随着微风，袭到我官觉上来，模糊中还有几段山西梆子的声调，虽然他们坐的地方是在我廊子的铁纱窗以外。

铁纱窗以外，话可不就在这里了。永远是窗子以外，不是铁纱窗就是玻璃窗，总而言之，窗子以外！

所有的活动的颜色、声音、生的滋味，全在那里的，你并不是不能看到，只不过是永远地在你窗子以外罢了。多少百里的平原土地，多少区域的起伏的山峦，昨天由窗子外映进你的眼帘，那是多少生命日夜在活动着的所在；每一根青的什么麦黍，都有人流过汗；每一粒黄的什么米粟，都有人吃去；其间还有的是周折，是热闹，是紧张！

可是你则并不一定能看见，因为那所有的周折，热闹，紧张，全都在你窗子以外展演着。

在家里罢，你坐在书房里，窗子以外的景物本就有限。那里两树马缨，几棵丁香；榆叶梅横出风雅的一大枝；海棠因为缺乏阳光，每年只开个两三朵——叶子上满是虫蚁吃的创痕，还卷着一点焦黄的边；廊子幽秀地开着扇子式，六边形的格子窗，透过外院的日光，外院的杂音。什么送煤的来了，偶然你看到一个两个被煤炭染成黔黑的脸；什么米送到了，一个人掮着一大口袋在背上，慢慢踱过屏门；还有自来水、电灯、电话公司来收账的，胸口斜挂着皮口袋，手里推着一辆自行车；更有时厨子来个朋友了，满脸的笑容，"好呀，好呀"地走进门房；什么赵妈的丈夫来拿钱了，那是每月一号一点都不差的，早来了你就听到两个人卿卿哝哝争吵的声浪。那里不是没有颜色，声音，生的一切活动，只是他们和你总隔个窗子——扇子式的，六边形的，纱的，玻璃的！

你气闷了把笔一搁说，这叫作什么生活！你站起来，穿上不能算太贵的鞋袜，但这双鞋和袜的价钱也就比——想它做什么，反正有人每月的工资，一定只有这价钱的一半乃至于更少。你出去雇洋车了，拉车的嘴里所讨的价钱当然是要比例价高得多，难道你就傻子似的答应下来？不，不，三十二子，拉就拉，不拉，拉倒！心里也明白，如果真要充内行，你就该说，二十六子，拉就拉——但是你好意思争！

车开始辗动了，世界仍然在你窗子以外。长长的一条胡同，一个个大门紧紧地关着。就是有开的，那也只是露出一角，隐约可以看到里面有南瓜棚子，底下一个女的，坐在小凳上缝缝做做的，另一个，抓住还不能走路的小孩子，伸出头来喊那过路卖白菜的。至于白菜是多少钱一斤，那你是听不见了，车子早已拉得老远，并且你也无须乎知道的。在你每月费用之中，伙食是一定占去若干的。在那一笔伙食费里，白菜又是多么小的一个数。难道你知道了门口卖的白菜多少钱一斤，你真把你哭丧着脸的厨子叫来申斥一顿，告诉他每一斤白菜他多开了你一个"大子儿"？

车越走越远了，前面正碰着粪车，立刻你拿出手绢来，皱着眉，把鼻子蒙得紧紧的，心里不知怨谁好。怨天做的事太古怪；好好的美丽的稻麦却需要粪来浇！怨乡下人太不怕臭，不怕脏，发明那么两个篮子，放在鼻前手车上，推着慢慢走！你怨市里行政人员不认真办事，如此脏臭不卫生的旧习不能改良，十余年来对这粪车难道真无办法？为着强烈的臭气隔着你窗子还不够远，因此你想到社会卫生事业如何还办不好。

路渐渐好起来，前面墙高高的是个大衙门。这里你简直不止隔个窗子，这一带高高的墙是不通风的。你不懂里面有多少办事员，办的都是什么事；多少浓眉大眼的，对着乡下人做买卖的吆喝诈取；多少个又是脸黄黄的可怜虫，混半碗饭分给一家子吃。自欺欺人，里面天天演的到底是什么把戏？但是如果里面真有两三个人拼了命在那里奋斗，为许多人争一点便利和公道，你也无从知道！

到了热闹的大街了，你仍然像在特别包厢里看戏一样，本身不会，也不必参加那出戏；倚在栏杆上，你在审美的领略，你有的是一片闲暇。但是如果这里洋车夫问你在哪里下来，你会吃一惊，仓卒不知所答。生活所最必需的你并不缺乏什么，你这出来就也是不必需的活动。

偶一抬头，看到街心和对街铺子前面那些人，他们都是急急忙忙的，在时间金钱的限制下采办他们生活所必需的。两个女人手忙脚乱地在监督着店里的伙计称秤。二斤四两，二斤四两的什么东西，且不必去管，反正由那两个女人的认真的神气上面看去，必是非同小可、性命交关的货物。并且如果称得少一点时，那两个女人为那点吃亏的分量必定感到重大的痛苦；如果称得多时，那伙计又知道这年头那损失在东家方面真不能算小。于是那两边的争持是热烈的，必需的，大家声音都高一点。女人脸上呈块红色，头发披下了一缕，又用手抓上去；伙计则维持着客气，口里嚷着："错不了，错不了！"

热烈的，必需的，在车马纷纭的街心里，忽然由你车边冲出来两个人；男的，女的，个个提起两脚快跑。这又是干什么的？你心想，电车正在拐大弯。那两人原就追着电车，由轨道旁边擦过去，一边追着，一边向电车上卖票的说话。电车是不容易赶的，你在洋车上真不禁替那街心里奔走赶车的担心。但是你也知道如果这趟没赶上，他们就可以在街旁站个半点来钟，那些宁可盼穿秋水不雇洋车的人，也就是因为他们的生活而必须计较和节省到洋车同电车价钱上那相差的数目。

此刻洋车跑得很快，你心里继续着疑问你出来的目的，到底采办一些什么必需的货物。眼看着男男女女挤在市场里面，门首出来一个，进去一个，手里都是持着包包裹裹，里边虽然不会全是他们当日所必需的，但是如果当中夹着一盒稍微奢侈的物品，则亦必是他们生活中间闪着亮光的一个愉快！你不是听见那人说吗？里面草帽，一块八毛五，贵倒贵点，可是"真不赖"！他提一提帽盒向着打招呼的朋友，他摸一摸他那剃得光整的脑袋，微笑充满了他全个脸。那时那一点进射着光闪的愉快，当然地归属于他享受，没有一点疑问，因为天知道，这一年中他多少次地克己省俭，使他赚来这一次美满的、大胆的奢侈！

那点子奢侈在那人身上所发生的喜悦，在你身上却完全失掉作用，没有闪一星星亮光的希望！你想，整年整月你所花费的，和你那窗子以外的周围生活程度一比较，严格算来，可不都是非常靡费的用途？每奢侈一次，你心上只有多难过一次，所以车子经过的那些玻璃窗口，只有使你更惶恐、更空洞、更怀疑，前后彷徨不着边际。并且看了店里那些形形色色的货物，除非你真是傻子，难道不晓得它们多半是由哪一国工厂里制造出来的！奢侈是不能给你愉快的，它只有要加增你的戒惧烦恼。每一尺好看点的纱料，每一件新鲜点的工艺品！

你诅咒着城市生活，不自然的城市生活！检点行装说，走了，走了，这沉闷没有生气的生活，实在受不了，我要换个样子过活去。健康的旅行既可以看看山水古刹的名胜，又可以知道点内地纯朴的人情风俗。走了，走了，天气还不算太坏，就是走他一个月六礼拜也是值得的。

没想到不管你走到哪里，你永远免不了坐在窗子以内的。不错，许多时髦的学者常常骄傲地带上"考察"的神气，架上科学的眼镜，偶然走到哪里一个陌生的地方瞭望，但那无形中的窗子是仍然存在的。不信，你检查他们的行李。有谁不带着罐头食品、帆布床，以及别的证明你还在你窗子以内的种种零星用品，你再摸一摸他们的皮包，那里短不了有些钞票；一到一个地方，你有的是一个提另的小小世界。不管你的窗子朝向哪里望，所看到的多半则仍是在你窗子以外，隔层玻璃，或是铁纱！隐隐约约你看到一些颜色，听到一些声音，如果你私下满足了，那也没有什么，只是千万别高兴起说什么接触了，认识了若干事物人情，天知道那是罪过！洋鬼子们的一些浅薄，千万学不得。

你是仍然坐在窗子以内的，不是火车的窗子，汽车的窗子，就是客栈逆旅的窗子，再不然就是你自己无形中习惯的窗子，把你搁在里面。接触和认识实在谈不到，得天独厚的闲暇生活先不容你。一样是旅行，如果你背上捎的不是照相机而是一点做买卖的小血本，你就需要全副的精神来走路：你得留神投宿的地方；你得计算一路上每吃一次烧饼和几颗沙果的钱；遇着同行的战战兢兢地打招呼，互相捧出诚意，遇着困难时好互相关照帮忙；到了一个地方你是真带着整个血肉的身体到处碰运气，紧张的境遇不容你不奋斗，不与其他奋斗的血和肉的接触，直到经验使得你认识。

前日公共汽车里一列辛苦的脸，那些谈话，里面就有很多生活的分量。陕西过来做生意的老头和那旁坐的一股客气，是不得已的，由交城下车的客人执着红粉包纸烟递到汽车行管事手里也是有多少理由的，穿棉背心的老太婆默默地挟住一个蓝布包袱，一个钱包，是在用尽她的全副本领的。果然到了冀村，她错过站头，还亏别个客人替她要求车夫，将汽车退行两里路，她还不大相信地望着那村站，口里噜苏着这地方和上次如何两样了。开车的一面发牢骚一面爬到车顶替老太婆拿行李，经验使得他有一种涵养，行旅中少不了有认不得路的老太太，这个道理全世界是一样的，伦敦警察之所以特别和蔼，也是从迷路的老太太孩子们身上得来的。

话说了这许多，你仍然在廊子底下坐着。窗外送来溪流的喧响，兰花烟气味早已消失，四个乡下人这时候当已到了上流"庆和义"磨坊前面。昨天那里磨坊的伙计很好笑地满脸挂着面粉，让你看着磨坊的构造；坊下的木轮，屋里旋转着的石碾，又在高低的院落里，来回看你所不经见的农具在日影下列着。院中一棵老槐、一丛鲜艳的杂花、一条曲曲折折引水的沟渠，伙计和气地伴着说闲话。他用着山西口音，告诉你，那里一年可出五千多包的面粉，每包的价钱约略两块多钱。又说这十几年来，这一带因为山水忽然少了，磨坊关闭了多少家，外国人都把那些磨坊租去做他们避暑的别墅。惭愧的你说，你就是住在一个磨坊里面，他脸上堆起微笑，让面粉一星星在日光下映着，说认得认得，原来你所租的磨坊主人，一个外国牧师，待这村子极和气，乡下人和他还都有好感情。

这真是难得了，并且好感的由来还有实证。就是那一天早上你无意中出去探古寻胜，这一省山明水秀，古刹寺院，动不动就是宋辽的原物。走到山上一个小村的关帝庙里，看到一个铁铎，刻着万历年号，原来是万历赐这村里庆成王的后人的，不知怎样流落到卖古董的手里。七年前让这牧师买去，晚上打着玩，嘹亮的钟声被村人听到，急忙赶来打听。要凑原价买回，情辞恳切。说起这是他们吕姓的祖传宝物，决不能让它流落出境，这牧师于是真个把铁铎还了他们，从此便在关帝庙神前供着。

这样一来你的窗子前面便展开了一张浪漫的图画，打动了你的好奇，管它是隔一层或两层窗子，你也忍不住要打听点底细，怎么明庆成王的后人会姓吕！这下子文章便长了。

如果你的祖宗是皇帝的嫡亲弟弟，你是不会，也不愿，忘掉的。据说庆成王是永乐的弟弟，这赵庄村里的人都是他的后代。不过就是因为他们记得太清楚了，另一朝的皇帝都有些老大不放心，雍正间诏命他们改姓，由姓朱改为姓吕，但是他们还有用二十字排行的方法，使得他们不会弄错他们是这一脉子孙。

这样一来你就有点心跳了，昨天你雇来那打水洗衣服的不也是赵庄村来的，并且还姓吕！果然那土头土脑圆脸大眼的少年是个皇裔贵族，真是有失尊敬了。那么这村子一定穷不了，但事实上则不见得。

田亩一片，年年收成也不坏。家家户户门口有特种围墙，像个小小堡垒——当时防匪用的。屋子里面有大漆衣柜衣箱，柜门上白铜擦得亮亮；炕上棉被红红绿绿也颇鲜艳。可是据说关帝庙里已有四年没有唱戏了，虽然戏台还高巍巍地对着正殿。村子这几年穷了，有一位王孙告诉你，唱戏太花钱，尤其是上边使钱。这里到底是隔个窗子，你不懂了，一样年年好收成，为什么这几年村子穷了，只模模糊糊听到什么军队驻了三年多等，更不懂的是，村子向上一年辛苦后的娱乐，关帝庙里唱唱戏，得上面使钱？既然隔个窗子听不明白，你就通气点别尽管问了。

隔着一个窗子你还想明白多少事？昨天雇来吕姓倒水，今天又学洋鬼子东逛西逛，跑到下面养有鸡羊，上面挂有武魁匾额的人家，让他们用你不懂的乡音招呼你吃茶，炕上坐，坐了半天出到门口，和那送客的女人周旋客气了一回，才恍然大悟，她就是替你倒脏水洗衣裳的吕姓王孙的妈，前晚上还送饼到你家来过！

这里你迷糊了。算了算了！你简直老老实实地坐在你窗子里得了，窗子以外的事，你看了多少也是枉然，大半你是不明白，也不会明白的。

再添几句闲话的闲话乘便妄想解围

徐志摩

我先得告罪我自己的无赖；我擅把岂明先生好意寄给我看看的文章给绑住了。今晚从清华回来，心里直发愁，因为又得熬半夜凑稿子，忽然得到岂明先生的文章好不叫我开心：别说这是骂别人的，就是直截痛快骂我自己的，我也舍不得放它回去，也许更舍不得了。好在来信里有"晨附要登也可以"这句话，所以我敢希冀岂明先生不至过分见怪。

岂明先生再三声明他自己是个水兵，他却把"专门学文学的"字眼加给我。我也得赶快声明——我不但不是专门学文学的，并且严格地说，不曾学过文学。我在康桥仅仅听过"Q"先生几次讲演，跟一个 Sir Thomas Wyatt 的后代红鼻子黄胡子的念过一点莎士比亚，绝不敢承当专门学文学的头衔。说来真也可笑，现在堂堂北京大学英文文学系的几个教师，除了张歆海先生他是真腔直板哈佛大学文学科卒业的博士而外，据我所知道谁都不曾正式学过文学的。温源宁先生是学法律的，林玉堂先生是言语学家，陈源先生是念政治的，区区是——学过银行的你信不信？

这是支话。日前的小问题是我夸奖了西滢的文章，岂明先生不以

020

为然，说我不但夸错，并且根本看错了。按他的意思，似乎把西滢这样人与法朗士放在一起讲（不说相比），已够亵渎神明；但岂明先生却十二分地回护我，只说我天生这傻，看不清事理的真相，别的动机确是没有的。我十二分地感谢，但我也还有话说。既然傻，我就傻到底吧。

先说我那篇闲话的闲话。我那晚提笔凑稿子时，"压根儿"就没忖到这杆笔衮下去是夸奖西滢的一篇东西。我本想再捡一点法朗士的牙慧的。碰巧上晚临睡时看了西滢讲法朗士的那篇"新闲话"，我实在佩服他写得干净，玲巧，也不知怎的念头一转弯涂成了一篇《西滢颂》。我当晚发了稿就睡，心里也没有什么"低哆"。第二天起来想起昨晚写的至少有一句话不妥当。"唯一的动机是怜悯"这话拿给法朗士已经不免遭"此话怎讲"的责问；若说西滢，那简直有些挖苦了。再下一天绍原就挑我这眼。那实在是骈文的流毒，你仔细看看那全句就知道。但此外我那晚心目中做文章的西滢只是新闲话的西滢；说他对女性忠贞，我也只想起他平时我眼见与女性周旋的神情，压根儿也没想起女师大一类的关系。

我生性不爱管闲事倒是真的。我懒，我怕烦。有人告我这长这短，我也就姑妄听之。逢着是是非非的问题，我实在脑筋太简单，闹不清楚，我也不稀罕闹清楚，说实话。我不觉得我负有什么"言责"，因此我想既然不爱管闲事就干脆不管闲事，那绝不至于是犯罪的行为。这来我倒反可以省下一点精力，看我的"红的花，圆的月，树林中夜叫的发痴的鸟"，兴致来时随口编个赞美歌儿唱唱，也未始不是自得其乐的一道。

每回人来报告说谁在那里骂你了，我就问骂得认真不认真：如其认真我就说何苦来，因为认真骂人是生气，生气是多少不卫生的事情；如其不认真我就问写得好玩不好玩，好玩就好，不好玩就不好。我总觉得有几位先生气性似乎太大了一点，尤其是比我们更上年纪的前辈们似乎应得特别保重些才是道理。西滢，我知道，也是个不大好惹的，有人说他一动笔就得得罪人。这道理我不明白，为什么他看出来世上别扭的事情就这么多。西滢说我也有找别扭的时候，但我每回咒或是骂的对象（他说）永远是人类的全体，不指定这个那个个人的。我想我也并没有什么不对，我真的觉得没有一件事情你可以除外你自己专骂旁人的。该骂是某时代的坏风气坏癖气，该骂是人类天成的恶根性。我们心里的心里，你要是有胆量往里看的话，哪一种可能的恶、孽、罪，不曾犯过？谁也不能比谁强得了多少，老实说。我们看得见可以指摘的恶、孽、罪，是极凑巧极偶然的现象，没有什么稀奇。拿实例来比喻比喻。现在教育界分明有一派人痛恨痛骂章士钊，又有一派人又在那里嬉笑怒骂骂章行严的人。好了。你退远一步，再退远一步看看，如其章某与骂章某的人的确都有该骂的地方，那从你站远一点的地位看去，你见的只是漆黑的一团，包裹着章某当然，可是骂他的也同样在它的怀抱中。假如你再退远一步，让你真正纯洁的灵魂脱离了本体往回看的时候，我敢保你见的是那漆黑的一团连你自己也圈进去了。引申这个意义，我们就可以懂得罗曼·罗兰"Above the Battlefield"的喊声。鬼是可怕的；他不仅附在你敌人的身上，那是你瞅得见的，他也附在你自己的身上，这你往往看不到。要打鬼的话，你就得连你自己身上的一起打了去，才是公平。体会了这层意思，我们又可以明白法朗士这类作者笔头上不妨尽量地又酸又刻，骨子里却是一个伟大的悲悯。他们才真的是看透了。"讥讽中有容忍，容忍中有讥讽"，归根说，真不是容易做到的一句话。我前天说西滢、法朗士对人生的态度这般这般，也许无意中含有一种期望的意思（这话乏味透了，我知道），并且在字面上我也只说他想学，并不曾说他已经学到家，那另是一件事了。

话再说回来，我实在始终不明白我们朋友中像岂明与西滢一流人何以有别扭的必要——除非你相信"文人相欺"是一个不可摇拔的根性。不，我不信任他们俩中间（就拿他们俩作比例）有不可弥缝的罅隙！我对于他们俩人的学问，一样的佩服，对他们俩的文章，一样的喜欢；对他们俩的品格，一样的尊敬。为什么为对某一件事情因为各人地位与交与不同的缘故发生了不同的看法稍稍龃龉以后，这别扭就得别扭到底，倒像真有什么天大的冤仇揪住了他们？不，我相信我们当前真正的敌人与敌性的东西正多着，正该我们合力去扑斗才是，自家尽闹谁都没有好处，真是何苦来！

我说这话不但十九是无效，而且怕是两边都不讨好。我知道，但我不能不说我自己的话，如其得罪我道歉，如其招骂我甘愿。我来做一个最没出息、最讨人厌的和事佬，朋友们以为何如？

四位先生

老舍

吴组缃先生的猪

从青木关到歌乐山一带，在我所认识的文友中要算吴组缃先生最为阔绰。他养着一口小花猪。据说，这小动物的身价，值六百元。

每次我去访组缃先生，必附带地向小花猪致敬，因为我与组缃先生核计过了：假若他与我共同登广告卖身，大概也不会有人出六百元来买！

有一天，我又到吴宅去。给小江——组缃先生的少爷——买了几个比醋还酸的桃子。拿着点东西，好搭讪着骗顿饭吃，否则就太不好意思了。一进门，我看见吴太太的脸比晚日还红。我心里一想，便想到了小花猪。假若小花猪丢了，或是出了别的毛病，组缃先生的阔绰便马上不存在了！一打听，果然是为了小花猪：它已绝食一天了。我很着急，急中生智，主张给它点奎宁吃，恐怕是打摆子。大家都不赞同我的主张。我又建议把它抱到床上盖上被子睡一觉，出点汗也许就好了；焉知道不是感冒呢？这年月的猪比人还娇贵呀！大家还是不赞成。后来，把猪医生请来了。我颇兴奋，要看看猪怎么吃药。猪医生把一些草药包在竹筒的大厚皮儿里，使小花猪横衔着，两头向后束在脖子上：这样，药味与药汁便慢慢走入里边去。把药包儿束好，小花猪的口中好像生了两个翅膀，倒并不难看。

虽然吴宅有此骚动，我还是在那里吃了午饭——自然稍微地有点不得劲儿！

过了两天，我又去看小花猪——这回是专程探病，绝不为看别人；我知道现在猪的价值有多大——小花猪口中已无那个药包，而且也吃点东西了。大家都很高兴，我就又就棍打腿地骗了顿饭吃，并且提出声明：到冬天，得分给我几斤腊肉；组绷先生与太太没加任何考虑便答应了。吴太太说："几斤？十斤也行！想想看，那天它要是一病不起……"大家听罢，都出了冷汗！

马宗融先生的时间观念

马宗融先生的表大概是、我想是一个装饰品。无论约他开会，还是吃饭，他总迟到一个多钟头，他的表并不慢。

来重庆，他多半是住在白象街的作家书屋。有的说也罢，没的说也罢，他总要谈到夜里两三点钟。假若不是别人都困得不出一声了，他还想不起上床去。有人陪着他谈，他能一直坐到第二天夜里两点钟。表、月亮、太阳，都不能引起他注意到时间。

比如说吧，下午三点他须到观音岩去开会，到两点半他还毫无动静。"宗融兄，不是三点，有会吗？该走了吧？"有人这样提醒他，他马上去戴上帽子，提起那有茶碗口粗的木棒，向外走。"七点吃饭。早回来呀！"大家告诉他。他回答声"一定回来"，便匆匆地走出去。

到三点的时候，你若出去，你会看见马宗融先生在门口与一位老太婆，或是两个小学生，谈话儿呢！即使不是这样，他在五点以前也不会走到观音岩。路上每遇到一位熟人，便要谈，至少有十分钟的话。若遇上打架吵嘴的，他得过去解劝，还许把别人劝开，而他与另一位劝架的打起来！遇上某处起火，他得帮着去救。有人追赶扒手，他必然得加入，非捉到不可。看见某种新东西，他得过去问问价钱，不管买与不买。看到戏报子，马上他去借电话，问还有票没有……这样，他从白象街到观音岩，可以走一天，幸而他记得开会那件事，所以只走两三个钟头，到了开会的地方，即使大家已经散了会，他也得坐两点钟，他跟谁都谈得来，都谈得有趣，很亲切，很细腻。有人随便哼了一句二黄，他立刻请教给他；有人刚买一条绳子，他马上拿过来练习跳绳——五十岁了啊！

七点，他想起来回白象街吃饭，归路上，又照样地劝架，救火，追贼，问物价，打电话……至早，他在八点半左右走到目的地。满头大汗，三步当作两步走的。他走了进来，饭早已开过了。

所以，我们与友人定约会的时候，若说随便什么时间，早晨也好，晚上也好，反正我一天不出门，你哪时来也可以，我们便说"马宗融的时间吧"！

姚蓬子先生的砚台

作家书屋是个神秘的地方，不信你交到那里一份文稿，而三五日后再亲自去索回，你就必定不说我扯谎了。

进到书屋，十之八九你找不到书屋的主人——姚蓬子先生。他不定在哪里藏着呢。他的被褥是稿子，他的枕头是稿子，他的桌上、椅上、窗台上……全是稿子。简单地说吧，他被稿子埋起来了。当你要稿子的时候，你可以看见一个奇迹。假如说尊稿是十张纸写的吧，书屋主人会由枕头底下翻出两张，由裤袋里掏出三张，书架里找出两张，窗子上揭下一张，还欠两张。你别忙，他会由老鼠洞里拉出那两张，一点也不少。

单说蓬子先生的那块砚台，也足够惊人了！那是块无法形容的石砚。不圆不方，有许多角儿，有任何角度。有一点沿儿，豁口甚多，底子最奇，四周翘起，中间的一点凸出，如元宝之背，它会像陀螺似的在桌上乱转，还会一头高一头低地倾斜，如浪中之船。我老以为孙悟空就是由这块石头跳出去的！

到磨墨的时候，它会由桌子这一端滚到那一端，而且响如快跑的马车。我每晚十时必就寝，而对门儿书屋的主人要办事办到天亮。从十时到天亮，他至少研十次墨，一次比一次响——到夜最静的时候，大概连南岸都感到一点震动。从我到白象街起，我没做过一个好梦，刚一入梦，砚台来了一阵雷雨，梦为之断。在夏天，砚一响，我就起来拿臭虫。冬天可就不好办，只好咳嗽几声，使之闻之。

现在，我已交给作家书屋一本书，等到出版，我必定破费几十元，送给书屋主人一块平底的、不出声的砚台！

何容先生的戒烟

首先要声明：这里所说的烟是香烟，不是鸦片。

从武汉到重庆，我老同何容先生在一间屋子里，一直到前年八月间。在武汉的时候，我们都吸"大前门"或"使馆"牌；小大"英"似乎都不够味儿。到了重庆，小大"英"似乎变了质，越来越"够"味儿了，"前门"与"使馆"倒仿佛没了什么意思。慢慢地，"刀"牌与"哈德门"又变成我们的朋友，而与小大"英"，不管是谁的主动吧，好像冷淡得日悬一日，不久，"刀"牌与"哈德门"又与我们发生了意见，差不多要绝交的样子。何容先生就决心戒烟！

在他戒烟之前，我已声明过："先上吊。后戒烟！"本来吗，"弃妇抛雏"的流亡在外，吃不敢进大三元，喝么也不过是清一色（黄酒贵，只好吃点白干），女友不敢去交，男友一律是穷光蛋，住是二人一室，睡是臭虫满床，再不吸两支香烟，还活着干吗？可是，一看何容先生戒烟，我到底受了感动，既觉自己无勇，又钦佩他的伟大；所以，他在屋里，我几乎不敢动手取烟，以免动摇他的坚决！

何容先生那天睡了十六个钟头，一支烟没吸！醒来，已是黄昏，他便独自走出去。我没敢陪他出去，怕不留神递给他一支烟，破了戒！掌灯之后，他回来了，满面红光，含着笑，从口袋中掏出一包土产卷烟来。"你尝尝这个，"他客气地让我，"才一个铜板一支！有这个，似乎就不必戒烟了！没有必要！"把烟接过来，我没敢说什么，怕伤了他的尊严。面对面的，把烟燃上，我俩细细地欣赏。头一口就惊人，冒的是黄烟，我以为他误把爆竹买来了！听了一会儿，还好，并没有爆炸，就放胆继续地吸。吸了不到四五口，我看见蚊子都争着向外边飞，我很高兴。既吸烟，又驱蚊，太可贵了！再吸几口之后，墙上又发现了臭虫，大概也要搬家，我更高兴了！吸到了半支，何容先生与我也跑出去了，他低声地说："看样子，还得戒烟！"

何容先生二次戒烟，有半天之久。当天的下午，他买来了烟斗与烟叶。"几毛钱的烟叶，够吃三四天的，何必一定戒烟呢！"他说。吸了几天的烟斗，他发现了：（一）不便携带；（二）不用力，抽不到；用力，烟油射在舌头上；（三）费洋火；（四）须天天收拾，麻烦！有此四弊，他就戒烟斗，而又吸上香烟了。"始作卷烟者。其无后乎！"他说。

最近二年，何容先生不知戒了多少次烟了，而指头上始终是黄的。

售书记

郑振铎

> 嗟食何如售故书，疗饥分得蠹虫余。
>
> 丹黄一付绛云火，题跋空传士礼居。
>
> 展向晴窗胸次了，抛残午枕梦回初。
>
> 莫言自有屠龙技，剩作天涯稗贩徒。

以上是一个旧友的售书诗，这个旧友和我常在古书店里见到。从前，大家都买书，不免带点争夺的情形，彼此有些猜忌。劫中，我卖书，他也卖书，见了面，大家未免常常叹气，谈着从来不会上口的柴米油盐的问题。他先卖石印书，自印的书，然后卖明清刊本的书。

后来，便不常在古书店见到他了。大约书已卖得差不多，不是改行做别的事，便是守在家里不出门。关于他，有种种的传说。我心里很难过，实在不愿意在这里再提起，这是一位在这个大时代里最可惜、残酷的牺牲者。但写下他抄给我的这首诗时，我不能不黯然！

说到售书，我的心境顿时要阴晦起来。谁想得到，从前高高兴兴，一部部，一本本，收集起来，每一部书，每一本书，都有它的被得到的经过和历史：这一本书是从那一家书店里得到的，那一部书是如何的见到了，一时踌躇未取，失去了，不料无意中又获得之；那一部书又是如何的先得到一二本，后来，好容易方才从某书店的残书堆里找到几本，恰好配全，配全的时候，心里是如何的喜悦；也有永远配不全的，但就是那残帙也很可珍重，古宫的断垣残刻，不是也足以令人流连忘返吗？那一本书虽是薄帙，却是孤本单行，极不易得；那一部书虽是同光间刊本，却很不多见；那一本书虽已收入某丛书中，这本却是单刻本，与丛书本异同甚多；那一部书见于禁书目录，虽为陋书，亦自可贵。至于明刊精本，黑口古装者，万历竹纸，传世绝罕者，与明清史料关系极巨者，稿本手迹，从无印本者，等等，则更是见之心暖，读之色舞。虽绝不巧取豪夺，却自有其争斗与购取之阅历。差不多每一本，每一部书于得之之时都有不同的心境，不同的作用。为什么舍彼取此，为什么前弃今取，在自己个人的经验上，也各自有其理由。譬如，二十年前，在中国书店见到一部明刊蓝印本《清明集》和一部道光刊本"小四梦"，价各百金，我那时候倾囊只有此数，那么，还是购"小四梦"吧。因为我弄中国戏曲史，"小四梦"是必收之书。然而在版本上，或在藏书家的眼光看来，那《清明集》，一部极罕见的古法律书，却是如何的珍奇啊！从前，我不大收清代的文集，但后来觉得有用，便又开始大量收购了。从前，对于词集有偏嗜，有见必收，后来，兴趣淡了些，便于无意中失收了不少好词集。凡此种种，皆寄托着个人的感情。如鱼饮水，冷暖自知。谁想得到，凡此种种，费尽心力以得之者，竟会出以易米吗？谁更会想得到，从前一本本、一部部书零星收得，好容易集成一类，堆作数架者，竟会一捆捆、一箱箱地拿出去卖的吗？我从来不肯好好地把自己的藏书编目，但在出卖的时候，卖书的要先看目录，便不能不咬紧牙关，硬了头皮去编。编目的时候，觉得部部书、本本书都是可爱的，都是舍不得去的，都是对我有用的，然而又不能不割售。摩挲着，仔细地翻看着，有时又摘抄了要用的几节几段，终于舍不得，不愿意把它上目录。但经过了一会儿，究竟非卖钱不可，便又狠了狠心，把它写上。在劫中，像这样的"编目"，不止三两次了。特别在最近的两年中，光景更见困难了，差不多天天都在打"书"的主意，天天在忙于编目。假如天还不亮的话，我的出售书目又要从事编写了。总是先去其易得者，例如《四部丛刊》，百衲本《廿四史》之类。《四部丛刊》，连二三编，我在前年，只卖了伪币四万元，百衲本《廿四史》，只卖了伪币一万元。谁想得到，在今年今日，要想再得到一部，便非花了整年的薪水还不够吗？只好从此不作收藏这一类大部书的念头了。最伤心的是，一部石印本《学海类编》，我不时要翻查，好几次书友们见到了，总要怂恿我出卖，我实在舍不得。但最后，却也不得不卖了。卖得的钱，还不够半个月花，然而如今再求得一部，却也已非易了。其后，卖了一大批明本书，再后来，又卖了八百多种清代文集，最后，又卖了好几百种清代总集文集及其他杂书。大凡可卖的，几乎都已卖尽了！所万万舍不得割弃的是若干目录书、词曲书、小说书和版画书。最后一批，拟目要去的便是一批版画书。天幸胜利来得恰如其时，方才保全了这一批万万舍不得去的东西。否则，再拖长了一年半载，恐怕连什么也都要售光了。但我虽然舍不得与书相别，而每当困难的时光，总要打它的主意，实在觉得有点对不起它！如果把积"书"当作了囤货——有些暴发户实在有如此的想头，而且也实在如此地做，听说，有一个人，所囤积的《四部丛刊》便有廿余部——那么，售去倒也没有什么伤心。不幸，我的书都是"有所谓"而收集起来的，这样的一大批一大批地"去"，怎么能不痛心呢？售去的不仅是"书"，同时也是我的"感情"，我的"研究工作"，我的"心的温暖"！当时所以硬了心肠要割舍它，实在是因为"别无长物"可去。不去它，便非饿死不可。在饿死与去书之间选择一种，当然只好去书。我也有我的打算，每售去一批书，总以为可以维持个半年或一年。但物价的飞涨，每每把我的计划全部推翻了。所以只好不断地在编目，在出售；不断地在伤心，有了眼泪，只好往肚里倒流下去。忍着，耐着，叹着气，不想写，然而又不能不一部部地编写下去。那时候，实在恨自己，为什么从前不藏点别的，随便什么都可以，偏要藏什么劳什子的书呢？曾想告诉世人说，凡是穷人，凡是生活不安定的人，没有恒产、资产的人，要想储蓄什么，随便什么都可以，只千万不要藏书。书是积藏来用，来读的，不是来卖的。卖书时的惨楚的心情实在受得够了！到了今天，我心上的创伤还没有愈好；凡是要用一部书，自己已经售了去的，想到书店里去再买一部，一问价，只好叹口气，现在的书已经不是我辈所能购致的了。这又是用手去剥疮疤的一个刺激。索性狠了心，不进书店，也决心不再去买什么书了。书兴阑珊，于今为最。但书生结习，扫荡不易，也许不久还会发什么收书的雅兴吧。

　　但究竟不能不感谢"书"，它竟使我能够度过这几年难渡的关头。假如没有"书"，我简直只有饿死的一条路走！

不亦快哉

梁实秋

金圣叹作"三十三不亦快哉"快人快语，读来亦觉快意。不过快意之事未必人人尽同，因为观点不同时势有异。就观察所及，试编列若干则如下：

其一，晨光熹微之际，人牵犬（或犬牵人），徐步红砖道上，呼吸新鲜空气，纵犬奔驰，任其在电线杆上或新栽树上便溺留念，或是在红砖上排出一摊狗屎以为点缀。庄子曰："道在屎溺。"大道无所不在，不简秽贱，当然人犬亦应无所差别。人因散步而精神爽，犬因排泄而一身轻，而且可以保持自己家门以内之环境清洁，不亦快哉！

其一，烈日下行于道上，口燥舌干，忽见路边有卖甘蔗者，急忙买得两根，一手挥舞，一手持就口边，才咬一口即入佳境，随走随嚼，旁若无人，蔗渣随嚼随吐。人生贵适意，兼可为"你丢我捡"者制造工作机会，潇洒自如，不亦快哉！

其一，早起，穿着有条纹的睡衣裤，趿着凉鞋，抱红泥小火炉置街门外，手持破蒲扇，对着火炉徐徐扇之，俄而浓烟上腾，火星四射，直到天地氤氲，一片模糊。烟火中人，谁能不事炊爨？这是表示国泰民安，有米下锅，不亦快哉！

其一，天近黎明，牌局甫散，匆匆登车回府。车进巷口距家门尚有三五十码之处，任司机狂按喇叭，其声呜呜然，一声比一声近，一声比一声急，门房里有人竖着耳朵等候这听惯了的喇叭声已久，于是在车刚刚开到之际，两扇黑漆大铁门呀然而开，然后又訇的一声关闭。不费吹灰之力就使得街坊四邻矍然惊醒，翻个身再也不能入睡，只好瞪着大眼等待天明。轻而易举地执行了鸡司晨的职务，不亦快哉！

其一，放学回家，精神愉快，一路上和伙伴们打打闹闹，说说笑笑，尚不足以畅叙幽情，忽见左右住宅门前都装有电铃，铃虽设而常不响，岂不形同虚设，于是举臂舒腕，伸出食指，在每个钮上按戳一下。随后，就有人仓皇应门，有人倒屣而出，有人厉声叱问，有人伸颈探问而瞪目结舌。躲在暗处把这些现象尽收眼底，略施小技，无伤大雅，不亦快哉！

其一，隔着墙头看见人家院内有葡萄架，结实累累，虽然不及"草龙珠"那样圆，"马乳"那样长，"水晶"那样白，看着纵不流涎三尺，亦觉手痒。爬上墙头，用竹竿横扫之，狼藉满地，损人而不利己，索性呼朋引伴趁昏夜越墙而入，放心大胆，各尽所能，各取所需，饱餐一顿。松鼠偷葡萄，何须问主人，不亦快哉！

其一，通衢大道，十字路口，不许人行。行人必须上天桥，下地道，岂有此理！豪杰之士不理会这一套，直入虎口，左躲右闪，居然波罗蜜多达彼岸，回头一看天桥上黑压压的人群犹在蠕动，路边的警察戟指大骂，暴躁如雷，而无可奈我何。这时节颔首示意，报以微笑，扬长而去，不亦快哉！

其一，宋周紫芝《竹坡诗话》："……有一人，极廉介，一日有家问，即令灭官烛，取私烛阅书，阅毕，命秉官烛如初。"做官的人迂腐若是，岂不可嗤！衙门机关皆有公用之信纸信封，任人领用，便中抓起一叠塞入公事包里，带回家去，可供写私信、发请柬、寄谢帖之用，顺手牵羊，取不伤廉，不亦快哉！

其一，逛书肆，看书展，琳琅满目，真是到了琅嬛福地。趁人潮拥挤看守者穷于肆应之际，纳书入怀，携归细赏，虽蒙贼名，不失为雅，不亦快哉！

其一，电话铃响，错误常居什之二三，且常于高枕而眠之时发生，而其人声势汹汹，了无歉意，可恼可恼。在临睡之前或任何不欲遭受干扰的时间，把电话机翻转过来，打开底部，略做手脚，使铃变得喑哑。如是则电话可以随时打出去，而外面无法随时打进来，主动操之于我，不亦快哉！

其一，生儿育女，成凤成龙，由大学卒业，而漂洋过海，而学业有成，而落户定居，而缔结良缘。从此螽斯衍庆，大事已毕，允宜在报端大刊广告，红色套印，敬告诸亲友，兼令天下人闻知，光耀门楣，不亦快哉！

"无事此静坐"

汪曾祺

　　我的外祖父治家整饬，他家的房屋都收拾得很清爽，窗明几净。他有几间空房，檐外有几棵梧桐，室内有木榻、漆桌、藤椅。这是他待客的地方。但是他的客人很少，难得有人来。这几间房子是朝北的，夏天很凉快。南墙挂着一条横幅，写着五个正楷大字：

　　无事此静坐

　　我很欣赏这五个字的意思。稍大后，知道这是苏东坡的诗，下面的一句是：

　　一日当两日

　　事实上，外祖父也很少到这里来。倒是我常常拿了一本闲书，悄悄走进去，坐下来一看半天，看起来，我小小年纪，就已经有了一点儿隐逸之气了。

　　静，是一种气质，也是一种修养。诸葛亮云："非淡泊无以明志，非宁静无以致远。"心浮气躁，是成不了大气候的。静是要经过锻炼的，古人叫作"习静"。唐人诗云："山中习静观朝槿，松下清斋折露葵。""习静"可能是道家的一种功夫，习于安静确实是生活于扰攘的尘世中人所不易做到的。静，不是一味地孤寂，不闻世事。我很欣赏宋儒的诗："万物静观皆自得，四时佳兴与人同。"唯静，才能观照万物，对于人间生活充满盎然的兴致。静是顺乎自然，也是合乎人道的。

世界是喧闹的。我们现在无法逃到深山里去，唯一的办法是闹中取静。毛主席年轻时曾采用了几种锻炼自己的方法，一种是"闹市读书"。把自己的注意力高度集中起来，不受外界干扰，我想这是可以做到的。

这是一种习惯，也是环境造成的。我下放张家口沙岭子农业科学研究所劳动，和三十几个农业工人同住一屋。他们吵吵闹闹，打着马锣唱山西梆子，我能做到心如止水，照样看书、写文章。我有两篇小说，就是在震耳的马锣声中写成的。这种功夫，多年不用，已经退步了，我现在写东西总还是希望有个比较安静的环境，但也不必一定要到海边或山边的别墅中才能构思。

大概有十多年了，我养成了静坐的习惯。我家有一对旧沙发，有几十年了。我每天早上泡一杯茶，点一支烟，坐在沙发里，坐一个多小时。

虽是块然独坐，然而浮想联翩。一些故人往事、一些声音、一些颜色、一些语言、一些细节，会逐渐在我的眼前清晰起来、生动起来。这样连续坐几个早晨，想得成熟了，就能落笔写出一点东西。我的一些小说散文，常得之于清晨静坐之中。曾见齐白石一小幅画，画的是淡蓝色的野藤花，有很多小蜜蜂，有颇长的题记，说的是他家乡的野藤，花时游蜂无数，他有个孙子曾被蜂螫，现在这个孙子也能画这种藤花了，最后两句我一直记得很清楚："静思往事，如在目底。"

这段题记是用金冬心体写的，字画皆极娟好。

"静思往事，如在目底"，我觉得这是最好的创作心理状态。就是下笔的时候，也最好心里很平静，如白石老人题画所说："心闲气静时一挥。"

我是个比较恬淡平和的人，但有时也不免浮躁，最近就有点儿如我家乡话所说"心里长草"。我希望政通人和，使大家能安安静静坐下来，想一点儿事，读一点儿书，写一点儿文章。

第二辑 ——
总有人用心，
总有人挂念

　　我在世间，永没有逢到像你们这样出肺肝相示的人。世间的人群结合，永没有像你们样的彻底地真实而纯洁。最是我到上海去干了无聊的所谓"事"回来，或者去同不相干的人们做了叫作"上课"的一种把戏回来，你们在门口或车站旁等我的时候，我心中何等惭愧又欢喜！惭愧我为什么去做这等无聊的事，欢喜我又得暂时放怀一切地加入你们的真生活的团体。

给我的孩子们

丰子恺

我的孩子们！我憧憬于你们的生活，每天不止一次！我想委曲地说出来，使你们自己晓得。可惜到你们懂得我的话的意思的时候，你们将不复是可以使我憧憬的人了。这是何等可悲哀的事啊！

瞻瞻！你尤其可佩服。你是身心全部公开的真人。你什么事情都像拼命地用全副精力去对付。小小的失意，像花生米翻落地了，自己嚼了舌头了，小猫不肯吃糕了，你都要哭得嘴唇翻白，昏去一两分钟。外婆普陀去烧香买回来给你的泥人，你何等鞠躬尽瘁地抱他，喂他；有一天你自己失手把他打破了，你的号哭的悲哀，比大人们的破产、失恋、brokenheart、丧考妣、全军覆没的悲哀都要真切。两把芭蕉扇做的脚踏车，麻雀牌堆成的火车、汽车，你何等认真地看待，挺直了嗓子叫"汪——""咕咕咕……"，来代替汽油。

宝姊姊讲故事给你听，说到"月亮姊姊挂下一只篮来，宝姊姊坐在篮里吊了上去，瞻瞻在下面看"的时候，你何等激昂地同她争，说："瞻瞻要上去，宝姊姊在下面看！"甚至哭到漫姑面前去求审判。我每次剃了头，你真心地疑我变了和尚，好几时不要我抱。最是今年夏天，你坐在我膝上发现了我腋下的长毛，当作黄鼠狼的时候，你何

春日
暱
去
花
吹
滿
頭

子愷畫

等伤心，你立刻从我身上爬下去，起初眼睁睁地对我端相，继而大失所望地号哭，看看，哭哭，如同对被判定了死罪的亲友一样。你要我抱你到车站里去，多多益善地要买香蕉，满满地擒了两手回来，回到门口时你已经熟睡在我的肩上，手里的香蕉不知落在哪里去了。这是何等可佩服的真率、自然与热情！大人间的所谓"沉默""含蓄""深刻"的美德，比起你来，全是不自然的、病的、伪的！

你们每天做火车、做汽车、办酒、请菩萨、堆六面画、唱歌，全是自动的，创造创作的生活。大人们的呼号"归自然！""生活的艺术化！""劳动的艺术化！"在你们面前真是出丑得很了！依样画几笔画，写几篇文的人称为艺术家、创作家，对你们更要愧死！

你们的创作力，比大人真是强盛得多哩：瞻瞻！你的身体不及椅子的一半，却常常要搬动它，与它一同翻倒在地上；你又要把一杯茶横转来藏在抽斗里，要皮球停在壁上，要拉住火车的尾巴，要月亮出来，要天停止下雨。在这等小小的事件中，明明表示着你们的弱小的体力与智力不足以应付强盛的创作欲、表现欲的驱使，因而遭逢失败。然而你们是不受大自然的支配，不受人类社会的束缚的创造者，所以你的遭逢失败，例如火车尾巴拉不住，月亮呼不出来的时候，你们决不承认是事实的不可能，总以为是爹爹妈妈不肯帮你们办到，同不许你们弄自鸣钟同例，所以愤愤地哭了，你们的世界何等广大！

你们一定想：终天无聊地伏在案上弄笔的爸爸，终天闷闷地坐在窗下弄引线的妈妈，是何等无气性的奇怪的动物！你们所视为奇怪动物的我与你们的母亲，有时确实难为了你们，摧残了你们，回想起来，真是不安心得很！

阿宝！有一晚你拿软软的新鞋子，和自己脚上脱下来的鞋子，给凳子的脚穿了，划袜立在地上，得意地叫"阿宝两只脚，凳子四只脚"的时候，你母亲喊着："龌龊了袜子！"立刻擒你到藤榻上，动手毁坏你的创作。当你蹲在榻上注视你母亲动手毁坏的时候，你的小心里一定感到"母亲这种人，何等煞风景而野蛮"吧！

瞻瞻！有一天开明书店送了几册新出版的毛边的《音乐入门》来。我用小刀把书页一张一张地裁开来，你侧着头，站在桌边默默地看。后来我从学校回来，你已经在我的书架上拿了一本连史纸印的中国装的《楚辞》，把它裁破了十几页，得意地对我说："爸爸！瞻瞻也会裁了！"瞻瞻！这在你原是何等成功的欢喜，何等得意的作品！却被我一个惊骇的"哼"字喊得你哭了。那时候你也一定抱怨"爸爸何等不明"吧！

软软！你常常要弄我的长锋羊毫，我看见了总是无情地夺脱你。现在你一定轻视我，想道："你终于要我画你的画集的封面！"

最不安心的，是有时我还要拉一个你们所最怕的陆露沙医生来，教他用他的大手来摸你们的肚子，甚至用刀来在你们臂上割几下，还要教妈妈和漫姑擒住了你们的手脚，捏住了你们的鼻子，把很苦的水灌到你们的嘴里去。这在你们一定认为是太无人道的野蛮举动吧！

孩子们！你们果真抱怨我，我倒欢喜；到你们的抱怨变为感激的时候，我的悲哀来了！

我在世间，永没有逢到像你们这样出肺肝相示的人。世间的人群结合，永没有像你们样的彻底地真实而纯洁。最是我到上海去干了无聊的所谓"事"回来，或者去同不相干的人们做了叫作"上课"的一种把戏回来，你们在门口或车站旁等我的时候，我心中何等惭愧又欢喜！惭愧我为什么去做这等无聊的事，欢喜我又得暂时放怀一切地加入你们的真生活的团体。

但是，你们的黄金时代有限，现实终于要暴露的。这是我经验过来的情形，也是大人们谁也经验过的情形。我眼看见儿时的伴侣中的英雄、好汉，一个个退缩、顺从、妥协、屈服起来，到像绵羊的地步。我自己也是如此。"后之视今，亦犹今之视昔"，你们不久也要走这条路呢！

我的孩子们！憧憬于你们的生活的我，痴心要为你们永远挽留这黄金时代在这册子里。

然这真不过像"蜘蛛网落花"，略微保留一点春的痕迹而已。且到你们懂得我这片心情的时候，你们早已不是这样的人，我的画在世间已无可印证了！这是何等可悲哀的事啊！

无题（因为没有故事）

老舍

人是为明天活着的，因为记忆中有朝阳晓露；假若过去的早晨都似地狱那么黑暗丑恶，盼明天干吗呢？是的，记忆中也有痛苦危险，可是希望会把过去的恐怖裹上一层糖衣，像看着一出悲剧似的，苦中有些甜美。无论怎说吧，过去的一切都不可移动；实在，所以可靠；明天的渺茫全仗昨天的实在撑持着，新梦是旧事的拆洗缝补。

对了，我记得她的眼。她死了好多年了，她的眼还活着，在我的心里。这对眼睛替我看守着爱情。当我忙得忘了许多事，甚至于忘了她，这两只眼会忽然在一朵云中，或一汪水里，或一瓣花上，或一线光中，轻轻地一闪，像归燕的翅儿，只需一闪，我便感到无限的春光。我立刻就回到那梦境中，哪一件小事都凄凉，甜美，如同独自在春月下踏着落花。这双眼所引起的一点爱火，只是极纯的一个小火苗，像心中的一点晚霞，晚霞的结晶。它可以烧明了流水远山，照明了春花秋叶，给海浪一些金光，可是它恰好地也能在我心中，照明了我的泪珠。

它们只有两个神情：一个是凝视，极短极快，可是千真万确的是凝视。只微微地一看，就看到我的灵魂，把一切都无声地告诉了给我。凝视，一点也不错，我知道她只需极短极快的一看，看的动作过去了，极快地过去了，可是，她心里看着我呢，不定看多么久呢；我到底得管这叫作凝视，不论它是多么快，多么短。一切的诗文都用不着，这一眼道尽了"爱"所会说的与所会做的。另一个是眼珠横着一移动，由微笑移动到微笑里去，在处女的尊严中笑出一点点被爱逗出的轻佻，由热情中笑出一点点无法抑制的高兴。

我没和她说过一句话，没握过一次手，见面连点头都不点。可是我的一切，她知道；她的一切，我知道。我们用不着看彼此的服装，用不着打听彼此的身世，我们一眼看到一粒珍珠，藏在彼此的心里；这一点点便是我们的一切，那些七零八碎的东西都是配搭，都无须注意。看我一眼，她低着头轻快地走过去，把一点微笑留在她身后的空气中，像太阳落后还留下一些明霞。

我们彼此躲避着，同时彼此愿马上搂抱在一处。我们轻轻地哀叹；忽然遇见了，那么凝视一下，登时欢喜起来，身上像减了分量，每一步都走得轻快有力，像要跳起来的样子。

我们极愿意说一句话，可是我们很怕交谈，说什么呢？哪一个日常的俗字能道出我们的心事呢？让我们不开口，永不开口吧！我们的对视与微笑是永生的，是完全的，其余的一切都是破碎微弱，不值得一做的。

我们分离有许多年了，她还是那么秀美，那么多情，在我的心里。她将永远不老，永远只向我一个人微笑。在我的梦中，我常常看见她，一个甜美的梦是最真实，是纯洁、最完美的。多少多少人生中的小困苦小折磨使我丧气，使我轻看生命。可是，那个微笑与眼神忽然地从哪儿飞来，我想起唯有"人面桃花相映红"差可托拟的一点心情与境界，我忘了困苦，我不再丧气，我恢复了青春；无疑地，我在她的洁白的梦中，必定还是个美少年呀。

春在燕的翅上，把春光颤得更明了一些，同样，我的青春在她的眼里，永远使我的血温暖，像土中的一颗籽粒，永远想发出一个小小的绿芽。一粒小豆那么小的一点爱情，眼珠一移，嘴唇一动，日月都没有了作用，到无论什么时候，我们总是一对刚开的春花。

不要再说什么，不要再说什么！我的烦恼也是香甜的呀，因为她那么看过我！

怀李叔同先生

丰子恺

　　距今二十九年前，我十七岁的时候，最初在杭州的浙江省立第一师范学校里见到李叔同先生，即后来的弘一法师。那时我是预科生，他是我们的音乐教师。我们上他的音乐课时，有一种特殊的感觉：严肃。摇过预备铃，我们走向音乐教室，推进门去，先吃一惊：李先生早已端坐在讲台上。以为先生总要迟到而嘴里随便唱着、喊着或笑着、骂着而推进门去的同学，吃惊更是不小。他们的唱声、喊声、笑声、骂声以门槛为界限而忽然消灭。接着是低着头，红着脸，去端坐在自己的位子里。

　　端坐在自己的位子里偷偷地仰起头来看看，看见李先生的高高的瘦削的上半身穿着整洁的黑布马褂，露出在讲桌上，宽广得可以走马的前额，细长的凤眼，隆正的鼻梁，形成威严的表情。扁平而阔的嘴唇两端常有深涡，显示和蔼的表情。这副相貌，用"温而厉"三个字来描写，大概差不多了。讲桌上放着点名簿、讲义，以及他的教课笔记簿、粉笔。钢琴衣解开着，琴盖开着，谱表摆着，琴头上又放着一只时表，闪闪的金光直射到我们的眼中。黑板（是上下两块可以推动的）上早已清楚地写好本课内所应写的东西（两块都写好，上块盖着下块，用下块时把上块推开）。在这样布置的讲台上，李先生端坐着。坐到上课铃响出（后来我们知道他这脾气，上音乐课必早到。故上课铃响时，同学早已到齐），他站起身来，深深地一鞠躬，课就开始了。这样地上课，空气严肃得很。

有一个人上音乐课时不唱歌而看别的书，有一个人上音乐课时吐痰在地板上，以为李先生不看见的，其实他都知道。但他不立刻责备，等到下课后，他用很轻而严肃的声音郑重地说："某某等一等出去。"于是这位某某同学只得站着。等到别的同学都出去了，他又用轻而严肃的声音向这某某同学和气地说："下次上课时不要看别的书。"或者："下次痰不要吐在地板上。"说过之后他微微一鞠躬，表示"你出去吧"。出来的人大都脸上发红。又有一次下音乐课，最后出去人无心把门一拉，碰得太重，发出很大的声音。他走了数十步之后，李先生走出门来，满面和气地叫他转来。等他到了，李先生又叫他进教室来。进了教室，李先生用很轻而严肃的声音向他和气地说："下次走出教室，轻轻地关门。"就对他一鞠躬，送他出门，自己轻轻地把门关了。最不易忘却的，是一次上弹琴课的时候。我们是师范生，每人都要学弹琴，全校有五六十架风琴及两架钢琴。风琴每室两架，给学生练习用；钢琴一架放在唱歌教室里，一架放在弹琴教室里。上弹琴课时，十数人为一组，环立在琴旁，看李先生范奏。有一次正在范奏的时候，有一个同学放一个屁，没有声音，却是很臭。钢琴及李先生、十数同学全部沉浸在亚莫尼亚气体中。同学大都掩鼻或发出讨厌的声音。李先生眉头一皱，管自弹琴（我想他一定屏息着）。弹到后来，亚莫尼亚气散光了，他的眉头方才舒展。教完以后，下课铃响了。李先生立起来一鞠躬，表示散课。散课以后，同学还未出门，李先生又郑重地宣告："大家等一等去，还有一句话。"大家又肃立了。李先生又用很轻而严肃的声音和气地说："以后放屁，到门外去，不要放在室内。"接着又一鞠躬，表示叫我们出去。

同学都忍着笑，一出门来，大家快跑，跑到远处去大笑一顿。

李先生用这样的态度来教我们音乐，因此我们上音乐课时，觉得比上其他一切课更严肃。同时对于音乐教师李叔同先生，比对其他教师更敬仰。那时的学校，首重的是所谓"英、国、算"，即英文、国文和算学。在别的学校里，这三门功课的教师最有权威；而在我们这师范学校里，音乐教师最有权威，因为他是李叔同先生的缘故。

李叔同先生为什么能有这种权威呢？不仅为了他学问好，不仅为了他音乐好，主要的还是为了他态度认真。李先生一生的最大特点是"认真"。他对于一件事，不做则已，要做就非做得彻底不可。

他出身于富裕之家，他的父亲是天津有名的银行家。他是第五位姨太太所生。

他父亲生他时，年已七十二岁。他堕地后就遭父丧，又逢家庭之变，青年时就陪了他的生母南迁上海。在上海南洋公学读书奉母时，他是一个翩翩公子。当时上海文坛有著名的沪学会，李先生应沪学会征文，名字屡列第一。从此他就为沪上名人所器重，而交游日广，终以"才子"驰名于当时的上海。所以后来他母亲死了，他赴日本留学的时候，作一首《金缕曲》，词曰："披发佯狂走。莽中原，暮鸦啼彻，几株衰柳。破碎河山谁收拾？零落西风依旧。便惹得离人消瘦。行矣临流重太息，说相思刻骨双红豆。愁黯黯，浓于酒。漾情不断淞波溜。恨年年絮飘萍泊，遮难回首。二十文章惊海内，毕竟空谈何有！听匣底苍龙狂吼。长夜西风眠不得，度群生那惜心肝剖。是祖国，忍孤负？"读这首词，可想见他当时豪气满胸，爱国热情炽盛。他出家时把过去的照片统统送我，我曾在照片中看见过当时在上海的他：

丝绒碗帽，正中缀一方白玉，曲襟背心，花缎袍子，后面挂着胖辫子，底下缀带扎脚管，双梁厚底鞋子，头抬得很高，英俊之气，流露于眉目间。真是当时上海一等的翩翩公子。

这是最初表示他的特性：凡事认真。他立意要做翩翩公子，就彻底地做一个翩翩公子。

后来他到日本，看见明治维新的文化，就渴慕西洋文明。

他立刻放弃了翩翩公子的态度，改做一个留学生。他入东京美术学校，同时又入音乐学校。这些学校都是模仿西洋的，所教的都是西洋画和西洋音乐。李先生在南洋公学时英文学得很好；到了日本，就买了许多西洋文学书。他出家时曾送我一部残缺的原本《莎士比亚全集》，他对我说："这书我从前细读过，有许多笔记在上面，虽然不全，也是纪念物。"由此可想见他在日本时，对于西洋艺术全面进攻，绘画、音乐、文学、戏剧都研究。后来他在日本创办春柳剧社，纠集留学同志，并演当时西洋著名的悲剧《茶花女》（小仲马著）。他自己把腰束小，扮作茶花女，粉墨登场。这照片，他出家时也送给我，一向归我保藏；直到抗战时为兵火所毁。

现在我还记得这照片：卷发，白的上衣，白的长裙拖着地面，腰身小到一把，两手举起托着后头，头向右歪侧，眉峰紧蹙，眼波斜睐，正是茶花女自伤命薄的神情。

另外还有许多演剧的照片，不可胜记。这春柳剧社后来迁回中国，李先生就脱出，由另一班人去办，便是中国最初的"话剧"社。由此可以想见，李先生在日本时，是彻头彻尾的一个留学生。我见过他当时的照片：高帽子、硬领、硬袖、燕尾服、史的克、尖头皮鞋，加之长身、高鼻，没有脚的眼镜夹在鼻梁上，竟活像一个西洋人。这是第二次表示他的特性：凡事认真。学一样，像一样。要做留学生，就彻底地做一个留学生。

他回国后，在上海太平洋报社当编辑。不久，就被南京高等师范请去教图画、音乐。后来又应杭州师范之聘，同时兼任两个学校的课，每月中半个月住南京，半个月住杭州。两校都请助教，他不在时由助教代课。我就是杭州师范的学生。

这时候，李先生已由留学生变为"教师"。这一变，变得真彻底：漂亮的洋装不穿了，却换上灰色粗布袍子、黑布马褂、布底鞋子。金丝边眼镜也换了黑的钢丝边眼镜。他是一个修养很深的美术家，所以对于仪表很讲究。虽然布衣，却很称身，常常整洁。他穿布衣，全无穷相，而另具一种朴素的美。你可想见，他是扮过茶花女的，身材生得非常窈窕。穿了布衣，仍是一个美男子。"淡妆浓抹总相宜"，这诗句原是描写西子的，但拿来形容我们的李先生的仪表，也很适用。今人侈谈"生活艺术化",大都好奇立异,非艺术的。李先生的服装,才真可称为生活的艺术化。

他一时代的服装,表出着一时代的思想与生活。各时代的思想与生活判然不同,各时代的服装也判然不同。布衣布鞋的李先生,与洋装时代的李先生、曲襟背心时代的李先生,判若三人。这是第三次表示他的特性:

认真。

我二年级时,图画归李先生教。他教我们木炭石膏模型写生。同学一向描惯临画,起初无从着手。四十余人中,竟没有一个人描得像样的。后来他范画给我们看。

画毕把范画揭在黑板上。同学们大都看着黑板临摹。只有我和少数同学,依他的方法从石膏模型写生。我对于写生,从这时候开始发生兴味。我到此时,恍然大悟:

那些粉本原是别人看了实物而写生出来的。我们也应该直接从实物写生入手,何必临摹他人,依样画葫芦呢? 于是我的画进步起来。此后李先生与我接近的机会更多。

因为我常去请他教画,又教日本文,以后的李先生的生活,我所知道得较为详细。

他本来常读性理的书,后来忽然信了道教,案头常常放着道藏。那时我还是一个毛头青年,谈不到宗教。李先生除绘事外,并不对我谈道。但我发现他的生活日渐收敛起来,仿佛一个人就要动身赴远方时的模样。他常把自己不用的东西送给我。他的朋友日本画家大野隆德、河合新藏、三宅克己等到西湖来写生时，他带了我去请他们吃一次饭，以后就把这些日本人交给我，叫我引导他们（我当时已能讲普通应酬的日本话）。他自己就关起房门来研究道学。有一天，他决定入大慈山去断食，我有课事，不能陪去，由校工闻玉陪去。数日之后，我去望他。见他躺在床上，面容消瘦，但精神很好，对我讲话，同平时差不多。他断食共十七日，由闻玉扶起来，摄一个影，影片上端由闻玉题字："李息翁先生断食后之像，侍子闻玉题。"这照片后来制成明信片分送朋友。像的下面用铅字排印着："某年月日，入大慈山断食十七日，身心灵化，欢乐康强——欣欣道人记。"李先生这时候已由"教师"一变而为"道人"了。

学道就断食十七日，也是他凡事"认真"的表示。

但他学道的时候很短。断食以后，不久他就学佛。他自己对我说，他的学佛是受马一浮先生指示的。出家前数日，他同我到西湖玉泉去看一位程中和先生。这程先生原来是当军人的，现在退伍，住在玉泉，正想出家为僧。李先生同他谈得很久。

此后不久，我陪大野隆德到玉泉去投宿，看见一个和尚坐着，正是这位程先生。我想称他"程先生"，觉得不合。

想称他法师，又不知道他的法名（后来知道是弘伞）。一时周章得很。我回去对李先生讲了，李先生告诉我，他不久也要出家为僧，就做弘伞的师弟。我愕然不知所对。过了几天，他果然辞职，要去出家。出家的前晚，他叫我和同学叶天瑞、李增庸三人到他的房间里，把房间里所有的东西送给我们三人。

第二天，我们三人送他到虎跑。我们回来分得了他的"遗产"，再去望他时，他已光着头皮，穿着僧衣，俨然一位清癯的法师了。我从此改口，称他为"法师"。

法师的僧腊二十四年。这二十四年中，我颠沛流离，他一贯到底，而且修行功夫愈进愈深。当初修净土宗，后来又修律宗。律宗是讲究戒律的，一举一动，都有规律，严肃认真之极。这是佛门中最难修的一宗。数百年来，传统断绝，直到弘一法师方才复兴，所以佛门中称他为"重兴南山律宗第十一代祖师"。他的生活非常认真。

举一例说：有一次我寄一卷宣纸去，请弘一法师写佛号。宣纸多了些，他就来信问我，余多的宣纸如何处置？

又有一次，我寄回件邮票去，多了几分。他把多的几分寄还我。以后我寄纸或邮票，就预先声明：余多的送与法师。有一次他到我家。我请他藤椅子里坐。他把藤椅子轻轻摇动，然后慢慢地坐下去。起先我不敢问。后来看他每次都如此，我就启问。法师回答我说："这椅子里头，两根藤之间，也许有小虫伏着。突然坐下去，要把它们压死，所以先摇动一下，慢慢地坐下去，好让它们走避。"读者听到这话，也许要笑。但这正是做人极度认真的表示。

如上所述，弘一法师由翩翩公子一变而为留学生，又变而为教师，三变而为道人，四变而为和尚。每做一种人，都做得十分像样。好比全能的优伶：起青衣像个青衣，起老生像个老生，起大面又像个大面……都是"认真"的缘故。

现在弘一法师在福建泉州圆寂了。噩耗传到贵州遵义的时候，我正在束装，将迁居重庆。我发愿到重庆后替法师画像一百帧，分送各地信善，刻石供养。现在画像已经如愿了。

我和李先生在世间的师弟尘缘已经结束，然而他的遗训——认真——永远铭刻在我心头。

悼路遥

史铁生

我当年插队的地方，延川，是路遥的故乡。我下乡，他回乡，都是知识青年。那时我在村里喂牛，难得到处去走，无缘见到他。我的一些同学见过他，惊讶且叹服地说那可真正是个才子，说他的诗、文都写得好，说他而且年轻，有思想有抱负，说他未来不可限量。后来我在《山花》上见了他的作品，暗自赞叹。那时我既未做文学梦，也未及去想未来，浑浑噩噩。但我从小喜欢诗、文，便十分羡慕他，十分的羡慕很可能就接近着嫉妒。

第一次见到他，是在北京。其时我已经坐上了轮椅，路遥到北京来，和几个朋友一起来看我。坐上轮椅我才开始做文学梦，最初也是写诗，第一首成形的诗也是模仿了信天游的形式，自己感觉写得很不像话，没敢拿给路遥看。那天我们东聊西扯，路遥不善言谈，大部分时间里默默地坐着和默默地微笑。那默默之中，想必他的思绪并不停止。就像陕北的黄牛，停住步伐的时候便去默默地咀嚼。咀嚼人生。此后不久，他的名作《人生》便问世，从那小说中我又看见陕北，看见延安。

第二次见到他是在西安，在省作协的院子里。那是一九八四年，我在朋友们的帮助下回陕北看看，路过西安，在省作协的招待所住了几天。见到路遥，见到他的背有些驼，鬓发也有些白，并且一支接一支地抽烟。听说他正在写长篇，寝食不顾，没日没夜地干。我提醒他注意身体，他默默地微笑，我再说，他还是默默地微笑。我知道我的话没用，他肯定以默默的微笑抵挡了很多人的劝告了。那默默的微笑，料必是说：命何足惜？不苦其短，苦其不能辉煌。我至今不能判断其对错。唯再次相信"性格即命运"。然后我们到陕北去了，在路遥、曹谷溪、省作协领导李若冰和司机小李的帮助下，我们的那次陕北之行非常顺利、快乐。

第三次见到他，是在电视上，《正大综艺》节目里。主持人介绍那是路遥，我没理会，以为是另一个路遥，主持人说这就是《平凡的世界》的作者，我定睛细看，心重重地一沉。他竟是如此的苍老了，若非依旧默默的微笑，我实在是认不出他了。此前我已听说，他患了肝病，而且很重，而且仍不在意，而且一如既往笔耕不辍奋争不已。但我怎么也没料到，此后不足一年，他会忽然离开这个平凡的世界。

他不是才四十二岁吗？我们不是还在等待他在今后的四十二年里写出更好的作品来吗？如今已是"人生九十古来稀"的时代，怎么会只给他四十二年的生命呢？这事让人难以接受。这不是哭的问题。这事，沉重得不能够哭了。

有一年王安忆去了陕北，回来对我说："陕北真是荒凉呀，简直不能想象怎么在那儿生活。"王安忆说："可是路遥说，他今生今世是离不了那块地方的。路遥说，他走在山山川川沟沟峁峁之间，忽然看见一树盛开的桃花、杏花，就会泪流满面，确实心就要碎了。"我稍稍能够理解路遥，理解他的心是怎样碎的。我说稍稍理解他，是因为我毕竟只在那儿住了三年，而他的四十二年其实都没有离开那儿。我们从他的作品里理解他的心。他在用他的心写他的作品。可惜还有很多好作品没有出世，随着他的心，碎了。

这仍然不只是一个哭的问题。他在这个平凡的世界上倒下去，留下了不平凡的声音，这声音流传得比四十二年要长久得多了，就像那块黄土地的长久，像年年都要开放的山间的那一树繁花。

纪念志摩去世四周年

林徽因

今天是你走脱这世界的四周年！朋友，我们这次拿什么来纪念你？前两次的用香花感伤地围上你的照片，抑住嗓子底下叹息和悲哽，朋友和朋友无聊地对望着，完成一种纪念的形式，俨然是愚蠢的失败。因为那时那种近于伤感，而又不够宗教庄严的举动，除却点明了你和我们中间的距离，生和死的间隔外，实在没有别的成效；几乎完全不能达到任何真实纪念的意义。

去年今日我意外地由浙南路过你的家乡，在昏沉的夜色里我独立火车门外，凝望着那幽暗的站台，默默地回忆许多不相连续的过往残片，直到生和死间居然幻成一片模糊，人生和火车似的蜿蜒一串疑问在苍茫间奔驰。我想起你的：

> 火车擒住轨，在黑夜里奔
>
> 过山，过水，过……

如果那时候我的眼泪曾不自主地溢出睫外，我知道你定会原谅我的。你应当相信我不会向悲哀投降，什么时候我都相信倔强的忠于生的，即使人生如你底下所说：

> 就凭那精窄的两道，算是轨，
>
> 驮着这份重，梦一般的累坠！

就在那时候我记得火车慢慢地由站台拖出一程一程地前进，我也随着酸怆的诗意，那"车的呻吟"，"过荒野，过池塘，……过噤口的村庄"。到了第二站——我的一半家乡。

今年又轮到今天这一个日子！世界仍旧一团糟，多少地方是黑云布满着粗筋络往理想的反面猛进，我并不在瞎说，当我写：

> 信仰只一细炷香，
>
> 那点子亮再经不起西风
>
> 沙沙的隔着梧桐树吹

朋友，你自己说，如果是你现在坐在我这位子上，迎着这一窗太阳：眼看着菊花影在墙上描画作态；手臂下倚着两叠今早的报纸；耳朵里不时隐隐地听着朝阳门外"打靶"的枪弹声；意识的，潜意识的，要明白这生和死的谜，你又该写成怎样一首诗来，纪念一个死别的朋友？

此时，我却是完全的一个糊涂！习惯上我说，每桩事都像是造物的意旨，归根都是运命，但我明知道每桩事都有我们自己的影子在里面烙印着！我也知道每一个日子是多少机缘巧合凑拢来拼成的图案，但我也疑问其间的排布谁是主宰。据我看来：死是悲剧的一章，生则更是一场悲剧的主干！我们这一群剧中的角色自身性格与性格矛盾；理智与情感两不相容；理想与现实当面冲突，侧面或反面激成悲哀。日子一天一天向前转，昨日和昨日堆垒起来混成一片不可避脱的背景，做成我们周遭的墙壁或气氲，那么结实又那么缥缈，使我们每一人站在每一天的每一个时候里都是那么主要，又是那么渺小无能为！

此刻我几乎找不出一句话来说，因为，真的，我只是个完全的糊涂；感到生和死一样的不可解，不可懂。

但是我却要告诉你，虽然四年了你脱离去我们这共同活动的世界，本身停掉参加牵引事体变迁的主力，可是谁也不能否认，你仍立在我们烟涛渺茫的背景里，间接的是一种力量，尤其是在文艺创造的努力和信仰方面。间接地你任凭自然的音韵、颜色，不时的风轻月白，人的无定律的一切情感，悠断悠续地仍然在我们中间继续着生，仍然与我们共同交织着这生的纠纷，继续着生的理想。你并不离我们太远。你的身影永远挂在这里那里，同你生前一样的飘忽，爱在人家不经意时苍止，带来勇气的笑声也总是那么嘹亮，还有，还有经过你热情或焦心苦吟的那些诗，一首一首仍串着许多人的心旋转。

说到你的诗，朋友，我正要正经地同你再说一些话。你不要不耐烦。这话迟早我们总要说清的。人说盖棺论定，前者早已成了事实，这后者在这四年中，说来叫人难受，我还未曾读到一篇中肯或诚实的论评，虽然对你的赞美和攻讦由你去世后一两周间，就纷纷开始了。

但是他们每人手里拿的都不像纯文艺的天秤；有的喜欢你的为人，有的疑问你私人的道德；有的单单尊崇你诗中所表现的思想哲学，有的仅喜爱那些软弱的细致的句子，有的每发议论必须牵涉到你的个人生活之合乎规矩方圆，或断言你是轻薄，或引证你是浮奢豪侈！朋友，我知道你从不介意过这些，许多人的浅陋老实或刻薄处你早就领略过一堆，你不止未曾生过气，并且常常表现怜悯同原谅；你的心情永远是那么洁净；头老抬得那么高；胸中老是那么完整的诚挚；臂上老有那么许多不折不挠的勇气。但是现在的情形与以前却稍稍不同，你自己既已不在这里，做你朋友的，眼看着你被误解、曲解，乃至于谩骂，有时真忍不住替你不平。

但你可别误会我心眼儿窄，把不相干的看成重要，我也知道误解曲解谩骂，都是不相干的，但是朋友，我们谁都需要有人了解我们的时候，真了解了我们，即使是痛下针砭，骂着了我们的弱处错处，那整个的我们却因而更增添了意义，一个作家文艺的总成绩更需要一种就文论文，就艺术论艺术的和平判断。

你在《猛虎集》序中说"世界上再没有比写诗更惨的事"，你却并未说明为什么写诗是一桩惨事，现在让我来个注脚好不好？我看一个人一生为着一个愚诚的倾向，把所感受到的复杂的情绪尝味到的生活，放到自己的理想和信仰的锅炉里烧炼成几句悠扬铿锵的语言（哪怕是几声小唱），来满足他自己本能的艺术的冲动，这本来是个极寻常的事。哪一个地方哪一个时代，都不断有这种人。轮着做这种人的多半是为着他情感来得比寻常人浓富敏锐，而为着这情感而发生的冲动更是非实际的——或不全是实际的——追求，而需要那种艺术的满足而已。说起来写诗的人的动机多么简单可怜，正是如你序里所说"我们都是受支配的善良的生灵"！虽然有些诗人因为他们的成绩特别高厚旷阔包括了多数人，或整个时代的艺术和思想的冲动，从此便在人中间披上神秘的光圈，使"诗人"两字无形中挂着崇高的色彩。这样使一般努力于用韵文表现或描画人在自然万物相交错的情绪思想的，便被人的成见看作夸大狂的旗帜，需要同时代人的极冷酷的讥讪和不信任来扑灭它，以挽救人类的尊严和健康。

我承认写诗是惨淡经营，孤立在人中挣扎的勾当，但是因为我知道太清楚了，你在这上面单纯的信仰和诚恳的尝试，为同业者奋斗，卫护他们的情感的愚诚，称扬他们艺术的创造，自己从未曾求过虚荣，我觉得你始终是很逍遥舒畅的。如你自己所说"满头血水"你"仍不曾低头"，你自己相信"一点性灵还在那里挣扎"，"还想在实际生活的重重压迫下透出一些声响来"。

简单地说，朋友，你这写诗的动机是坦白不由自主的，你写诗的态度是诚实、勇敢而倔强的。这在讨论你诗的时候，谁都先得明了的。

至于你诗的技巧问题，艺术上的造诣，在这新诗仍在彷徨歧路的尝试期间，谁也不能坚决地论断。不过有一桩事我很想提醒现在讨论新诗的人，新诗之由于无条件无形制宽泛到几乎没有一定的定义时代，转入这讨论外形内容，以至于音节韵脚章句意象组织等艺术技巧问题的时期，即是根据着对这方面努力尝试过的那一些诗，你的头两个诗集子就是供给这些讨论见解最多材料的根据。外国的土话说"马总得放在马车的前面",不是?没有一些尝试的成绩放在那里,理论家是不能老在那里发一堆空头支票的,不是?

你自己一向不止在那里倔强地尝试用功,你还会用尽你所有活泼的热心鼓励别人尝试,鼓励"时代"起来尝试——这种工作是最犯风头嫌疑的,也只有你胆子大头皮硬顶得下来!我还记得你要印诗集子时我替你捏一把汗,老实说还替你在有文采的老前辈中间难为情过,我也记得我初听到人家找你办《晨报副刊》时我的焦急,但你居然板起个脸抓起两把鼓槌子为文艺吹打开路乃至于扫地,铺鲜花,不顾旧势力的非难,新势力的怀疑,你干你的事"事在人为,做了再说"那股子劲,以后别处也还很少见。

现在你走了,这些事渐渐在人的记忆中模糊下来,你的诗和文章也散漫在各小本集子里,压在有极新鲜的封皮的新书后面,谁说起你来,不是马马虎虎地承认你是过去中一个势力,就是拿能够挑剔看轻你的诗为本事(散文人家很少提到,或许"散文家"没有诗人那么光荣,不值得注意),朋友,这是没法子的事,我却一点不为此灰心,因为我有我的信仰。

我认为我们这写诗的动机既如前面所说那么简单愚诚;因在某一时,或某一刻敏锐地接触到生活上的锋芒,或偶然地触遇到理想峰巅上云彩星霞,不由得不在我们所习惯的语言中,编缀出一两串近于音乐的句子来,慰藉自己,解放自己,去追求超实际的真美,读诗者的反应一定有一大半也和我们这写诗的一样诚实天真,仅想在我们句子中间由音乐性的愉悦，接触到一些生活的底蕴，渗合着美丽的憧憬；把我们的情绪给他们的情绪搭起一座浮桥；把我们的灵感，给他们生活添些新鲜；把我们的痛苦伤心再揉成他们自己忧郁的安慰！

我们的作品会不会长存在下去，就看它们会不会活在那一些我们从不认识的人，我们作品的读者，散在各时、各处互相不认识的孤单的人的心里的，这种事它自己有自己的定律，并不需要我们的关心的。你的诗据我所知道的，它们仍旧在这里浮沉流落，你的影子也就浓淡参差地系在那些诗句中，另一端印在许多不相识人的心里。朋友，你不要过于看轻这种间接的生存，许多热情的人他们会为着你的存在，而加增了生的意识的。伤心的仅是那些你最亲热的朋友们和同兴趣的努力者，你不在他们中间的事实，将要永远是个不能填补的空虚。

你走后大家就提议要为你设立一个"志摩奖金"来继续你鼓励人家努力诗文的素志，勉强象征你那种对于文艺创造拥护的热心，使不及认得你的青年人永远对你保存着亲热。如果这事你不觉到太寒伧不够热气，我希望你原谅你这些朋友们的苦心，在冥冥之中笑着给我们勇气来做这一些蠢诚的事吧。

月夜之话

郑振铎

是在山中的第三夜了。月色是皎洁无比，看着她渐渐地由东方升了起来。蝉声叽——叽——叽——地漫长地叫着，岭下涧水潺潺的流声，隐略地可以听见，此外，便什么声音都没有了。月如银的圆盘般大，静定地挂在晚天中，星没有几颗，疏朗朗地间缀于蓝天中，如美人身上披着蓝天鹅绒的晚衣，缀了几颗不规则的宝石。大家都把自己的摇椅移到东廊上坐着。

初升的月，如水银似的白，把她的光笼罩在一切的东西上；柱影与人影，粗黑的向西边的地上倒映着。山呀，田地呀，树林呀，对面的许多所的屋呀，都朦朦胧胧的，不大看得清楚，正如我们初从倦眠中醒了来，睁开了眼去看四周的东西，还如在渺茫梦境中似的；又如把这些东西都幕上了一层轻巧细密的冰纱，它们在纱外望着，只能隐约地看见它们的轮廓；又如春雨连朝，天色昏暗，极细极细的雨丝，随风飘拂着，我们立在红楼上，由这些蒙雨织成的帘中向外望着。那么样地静美，那么样柔秀的融合的情调，真非身临其境的人不能说得出的。

"那么好的月呀！"擎黄先生赞赏似的叹美着。

同浴于这个明明的月光中的，还有梦旦先生和心南先生。静悄悄的，各人都随意地躺在他的摇椅上，各自在默想他的崇高的思绪。也不知道有多少秒，多少分，多少刻的时间是过去了，红栏杆外是月光、蝉声与溪声，红栏杆内是月光照浴着的几个静思的人。

月光光，

照河塘。

骑竹马，

过横塘。

横塘水深不得过，

娘子牵船来接郎。

问郎长，问郎短，

问郎此去何时返。

心南先生的女公子依真跳跃着地由西边跑了过来，嘴里这样地唱着。那清脆的歌声漫溢于朦胧的空中，如一塘静水中起了一个水沤似的，立刻一圈一圈地扩大到整个塘面。

"这是各处都有的儿歌，辜鸿铭曾选入他的《幼学弦歌》中。"梦旦先生说。他真是一个健谈的人，又恳挚，又多见闻，凡是听过他的话的人，总不肯半途走了开去。

"福州还有一首大家都知道的民歌，也是以月为背景的，真是不坏。"梦旦先生接着说；于是他便背诵出了这一首歌。

原文：

> 共哥相约月出来，
>
> 怎样月出哥未来？
>
> 没是奴家月出早？
>
> 没是哥家月出迟？
>
> 不论月出早与迟，
>
> 恐怕我哥未肯来。
>
> 当日我哥未娶嫂，
>
> 三十无月哥也来。

译文：

> 与他相约月出来，
>
> 怎么月出了他还未来？
>
> 莫不是我家月出得早？
>
> 莫不是他家月出得迟？
>
> 不论月出早与迟，
>
> 只怕他是不肯来了吧！
>
> 当日他没有娶妻时，
>
> 没有月的三十夜也还来呢。

这首歌的又真挚又曲折的情绪，立刻把大家捉住了。像那么好的情歌，真不多见。

"我真想把它抄录了下来呢！"我说。于是梦旦先生又逐句地背念了一遍，我便录了下来。

"大约是又成了《山中通信》的资料吧。"擘黄先生笑着说道，他今天刚看见我写着《山中通信》。

"也许是的，但这样的好词，不写了下来，未免太可惜了。"

"我也有一个，索性你再写了吧。"擘黄说。

我端正了笔等着他。

> 七月七夕鹊填桥，
>
> 牛郎织女渡天河。
>
> 人人都说神仙好，
>
> 一年一度算什么！

"最后一句真好，凡是咏七夕的诗，恐怕不见得有那样透彻的口气吧。可见民歌好的不少，只在自己去搜集而已。"擘黄说。

大家的话匣子一开，沉静的气氛立刻打破了，每个人都高高兴兴地谈着唱着，浑忘了皎洁月光与其他一切。月已升得很高，倒向西边的柱影，已渐渐地短了。

梦旦先生道："还有一首歌，你们听人说过没有？"

> "采蘋你去问秋英，

　　怎么姑爷跌满身？"

　　"他说：相公家里回，

　　也无火把也无灯。"

　　"既无火把也要灯！

　　他说相公家里回，

　　怎么姑爷跌满身？

　　采蘋你去问秋英！"

　　"是的，听见过的，"肇黄说，"但其层次与说话之语气颇不易分得出明白。"

　　"大约是小姐见姑爷夜间回来，跌了一身的泥，不由得起了疑心，便叫丫头采蘋去问跟班秋英。采蘋回到小姐那里，转述秋英的话，相公之所以跌得一身泥者，因由家里回来，夜色黑漆漆的，又无火把又无灯笼也。第二首完全是小姐的话，她的疑心还未释，相公既由家回，如无火把也要有灯，怎么会跌得一身泥？于是再叫采蘋去问秋英。虽然是如连环诗似的二首，前后的意思却很不同。每个人的口气也都逼真的像。"梦旦先生说。

　　经了这样一解释，这首诗，真的也成了一首名作了。

　　真鸟仔，

　　啄瓦檐，

奴哥无"母"这数年。

看见街上人讨"母"，

奴哥目泪挂目檐。

有的有，没的没，

有人老婆连小婆！

只愿天下作大水，

流来流去齐齐没。

　　这一首也是这一夜采得的好诗，但恐"非福州人"所能了解。所谓"真鸟仔"者，即小麻雀也。"母"者，即女子也，即所谓公母之"母"是也。"奴哥"者，擘黄以为是他人称他的，我则以为是自称的口气。兹译之如下：

小小的麻雀儿，

在瓦檐前啄着，啄着，

我是这许多年还没有妻呀！

看见街上人家闹洋洋地娶亲，

我不由得双泪挂眼边。

有的有，没有的没有，

有的人，有了妻，却还要小老婆。

但愿天下起了大水，

流来流去，使大家一齐都没有。

这个译文，意思未见得错，音调的美却完全没有了。所以要保存民歌的绝对的美，似非用方言写出来不可。

这一夜，是在山上说得最舒畅的一夜，直到了大家都微微地呵欠着，方才散了，各进房门去睡。第二夜，月光也不坏。我却忙着写稿子；再一夜，天色却不佳，梦旦先生和擘黄又忙着收拾行囊，预备第二天一早下山。像这样舒畅的夜谈，却终于只有这一夜，这一夜呀！

一个邮件的复活

——访问北京邮政管理局无着邮件股

汪曾祺

你在家里坐着，看着报，跟朋友谈着天……可是每一个人此刻都可能有一封上面写着你的名字，将要属于你的信或是一个邮包，正在路上走着，向着你走来，你想得到吗？你写得了一封信，轻轻地往街角的邮筒里一丢，你知道会有多少人将要为你这封信而工作，他们会夜以继日，不辞劳苦地把你的思想、你的感情传递到你所希望的地方去？……

华侨林潭水在爪哇耶嘉达开了一个小铺子，做土产生意。林潭水有个女儿在新中国成立之后回了国，到了人民的首都北京。前些日子女儿来信，说在北京进了她一向向往的学校，一切都很好；国内各方面对侨生的照顾都很周到，请放心；只是需要一本重要的参考书，国内一时买不到，请父亲在南洋设法买一买。

林老先生立刻就去到处打听，想尽了办法，终于把这本书买到了，心里高兴极了，当时就寄了出去。

这本书从耶嘉达装上了邮船，越过重洋大海，经过香港，转到九龙、广州，上了火车，一直送到了北京。一路上下船过站，搬进搬出，不知道经过多少道手续；它身上盖满了累累的邮戳，说明了它所经历的路程的遥远和曲折。

书到了北京。是挂号邮件，转到挂号股。挂号股的同志拿起这个颇为沉重的牛皮纸包一看，很惋惜地叹了一口气：这个邮件大概要"死"！

邮件无法投递也无法退还的，邮局习惯语说它是"死"了，这种邮件常常就叫作"死件"。这个名字叫得很刺激，可是有什么字比它更恰当，更能表达实际情形的呢，既然这个邮件对于任何人都没有了意义？要是在邮局搁上一年，没有人来认领，按照邮章，就要焚毁，那就真是名副其实的从这个世界上消失了。

这个邮件的封皮上一共写了八个大字：

北京

林爱梅小姐收

这么大一个北京，哪儿去找这个林爱梅去？

可是咱们人民的邮政局找到了林爱梅，把这本书交到了林爱梅本人的手里！

一月二十六日《人民日报》"读者来信"栏发表了华侨学生林爱梅感谢邮政工作同志的信。看了报的人都很为这件事所感动。这也许是一件小事，但又不是一件小事。这是一个消息，它透露了许多更伟大、更不平凡的事物，它只是在我们周围流动不息的新鲜事物的一滴，它的背后是我们整个的祖国，整个的时代。正因为它不是偶然的，不是孤单的，所以我们的感动才会那么深，那么广，那么真挚。

可是我们有的同志不以为然，说如果邮政局整天净为这样的邮件去奔走，这在人力上是一个浪费，这对于更多的群众是一个损失，这不值得！

这似乎也是一个道理。可是我们为什么不到邮局去作一次访问呢？

我到北京邮政管理局，找到了关西邨同志。我被领进了"无着股"（好个新鲜的名称！），关西邨同志是无着股的股长。

这是一间普通房间，很大，除了几张又长又大的桌子和一个里面隔成许多四方格子的白木架子之外就没有什么陈设了，因此显得很空。房间里的东西；从纸墨笔砚，茶杯茶壶，一直到人身上的衣服，都跟这个房间本身，门窗四壁，光滑的地板，和虽然有点旧了的窗户帘，都不大相称：一个是那么朴素，一个是曾经很豪华，而现在看起来还是非常讲究的。要说这个房间跟邮局其他部门有什么不同，那除非是它显得那么特别的安静。———进邮局的侧门，你就会感觉到这里面洋溢着的一种特殊的兴奋和热烈，那么多大大小小的邮包，那么多你看见的和看不见的人在活动，可见到处又是那么井井有条，忙而不乱，你体会得到这个庞大和复杂的机构内部的完美的组织。而一进这一间屋子，你马上就会平静下来，你会把一路上带来的街市的烦嚣都丢在门外。这儿不像个办公的地方，倒像是个研究室。如果你闭起眼睛，你会不相信这屋里还有四个人，这四个人正在非常用心地做着一件非常细致的工作。

一见到关西邨同志，你就会觉得，这真是一个非常适合于做这个工作的人。关股长不厌其详地告诉了我们要知道的一切，他的态度那么诚恳，那么亲切，他一定是用同样的诚恳和亲切来处理这些"无着"的邮件的。

无着邮件的处理是没有一定的。

也许拿到了一封信，一分钟里头就可以有个水落石出。去年十二月二十九，退回来一封寄到上海去的私人函件，没有下款。无着股拿过来一看，信封上有个邮箱戳子，号码是×××，记得清楚，这个邮箱是挂在外交部院子里头的，断定寄信的出不了外交部。上那儿一问，果然。——每一个邮箱都有固定的号码，信从邮箱里倒出来，首先就得盖上号码戳。

可是多数邮件就不那么简单，得把信剪开，从信的里头，从字里行间，从一句半句话，一个电话号码，提到的一个人，说起的一件事，从各种各样的错综复杂的关系里头去发现线索。比如，去年六月里有一封从青岛退回来的信，信封上信里头的署名都只有一个"龚"字，信上说的事情又多是平平常常的事，研究了半天，没有结果，后来把信封翻了个面——信封是用普通笔记纸自制的，在上面找到了几个字，是一篇日记的残页："今天我们二女中也参加了游行。"好了，到二女中把所有的姓龚的同学都找到，终于找到其中一个是寄这封信的。新中国成立后不久，北京处理了一封无着信，信不是交给信封上写的那个人，而是交给她的爱人的。信里提到这个女同志的爱人，说起他已经光荣地参加了中国共产党，不日就要调到北京工作，信里还附了一张两个人合拍的武装骑马照片，结果是由邮局党支部拿了这张照片到市委去对了好久才对了出来。——只有无着股有权利拆阅信件，这是法律规定的。——这个特殊的权利，我想大概不会有什么人不同意。

也许你会觉得，这样的邮件不会太多吧？这样的邮件在全部邮件中不知道占多大一个比重，但是根据去年一年的统计，因为无法投递或退还而转到无着股来的信件，一共是一万一千二百二十六件！据一个新中国成立以前就做无着邮件的工作的赵同志说，这已经少得多了，新中国成立以前一季就能有这样一个数目！各种各样的信，无奇不有！有的信封上甚至于一个字都没有，邮局最近给起了个名字，叫作"白板"。关股长一下子就拿出五封这样的"白板"信给我看。也巧得很，五封都是洋纸白封，雪白雪白，连一点其他颜色的痕迹都没有！

正说着，就有邮勤员送来了一叠"无着信"。

"这都是一些生死不明的信，"关股长说，"只要有一点点蛛丝马迹，我们都要尽量叫它复活，叫它死里求生！"

怎样使死信复活呢？

靠经验，靠对于社会情况的了解熟悉，靠丰富的常识。每一种知识，都可能有用处。这种知识是怎么得来的？像一切的知识一样，靠学习。那位赵同志今年四十八了，可是我看见他抽屉里有一本朱谱萱编的"初级俄语读本"。此外，靠工作的时候细心，靠创造的智慧；更重要的，靠为人民服务的责任感。这种责任感虽然是习惯了的，职业化了的，可是是常新的，不懈的，顽强的。

林爱梅的那个邮件的处理经过是这样的：挂号股觉得无法投递，交给了社会服务股。社会服务股想登一个报，或者通过电台广播来找这个人，但考虑不一定发生效力，决定给无着股先试一试。无着股接到了，首先研究了这个邮件情况，认为：该件从爪哇寄来，封皮上写的是中国字，受信人大概是归国华侨；寄的是一本原文专门著作，可能是一个大学程度的侨生；"林爱梅"不会是个男人的名字，大概是一个归国华侨女生；照例，归国华侨，特别是侨生，必会到华侨归国联谊会登记，于是决定先向华侨归国联谊会试探。

下午，用电话向侨联联系。问有没有这样一个人，答复是："不知道。"

"不知道"？这不可能！从声音中令人对这个接电话的不能信任。他不知道，有人知道。再叫一个电话，请找负责人冯同志。

冯同志说："有这个人。是个女生。前一些时住在三大人胡同华侨事务所宿舍。"

有这个人，"是个女生"，对了！接侨委会宿舍。

侨委会宿舍说："林爱梅不在这儿了，上师大学习去了。"

接师大。

师大校务处翻遍了全部学生名册，答复得非常肯定："没有这个人！"

师大没有，问北大，问辅仁。……

"没有。"

"没有！"

可是无着股的同志并不失望，他们在工作中养成了特殊的冷静和耐心。他们又研究了一下情况，觉得侨委会宿舍的答复可能不正确，决定再回来跟侨委会宿舍联系，找负责人，负责人是一个叫顾明的同志，这回的答复是：

"林爱梅，有这个人，是爪哇归国侨生，曾经在这儿住过，现在在西郊清华大学学习。"

无着股的同志在说到这位顾明同志的时候充满了感激。但是他们还得再问一句：

"确是在清华？"

"确是在清华。"

"什么时候去的？"

"三个月以前。"

好了，终于有了结果！可是这不等于已经找到了林爱梅。像这样在最后一个环节上遇到了阻碍，白忙了半天的事不是没有过。下午，又打了一下午电话，找到清华斋务股，找到林爱梅的同屋同学，最后才找到林爱梅本人，到找到林爱梅本人的时候已经下午六点半，下了班半天了。——当然，你可以想象得到，虽然晚下了班，肚子也有点饿了，可是无着股的同志是带了别人不能了解的笑脸走出他们的办公室的。

这样的到处去"捕风捉影"，不是很渺茫吗？

也不，有相当的把握的，而且一个时期当中的复活的比例是可以估计出来的。无着股一九五一年的计划是要到复活率百分之五十到六十。第一季的计划订的是百分之五十二，根据每一周的总结，都是超额完成的。

是不是一向的复活率都是如此？

不，新中国成立以前的复活率经常是百分之十二到十三，最高到过百分之十八。

从百分之十二到百分之五十二，新中国成立前后的分别在此！当然，你可以想象，无着股的工作绝非是孤立的，突出的。这个数字是有一般性的，从这个数字上是可以看出邮局的全部工作情况的。

同志，你对于这个数字有什么感想？

为什么新中国成立前跟新中国成立后有这样的鲜明的对照呢？

新中国成立以前这间屋子不是办公室，是宿舍，是"外国人"的宿舍，这三楼整个都是外国人的宿舍。这里头住过英国人、法国人、意大利人，最后一个时期最多的是美国人。那个大白木架子后面是一个门，从前挂着丝绒门帘，那一边是个小客室，这边是跳舞的地方，右边是卧室、厨房。一个跑街的，一个打字员，一个在本国不知道干什么的，一个流氓，到了中国，就能当一个一等秘书，署副邮长衔。洋房、汽车、厨子、花匠、保姆……连草纸都是邮局供给，每一个人还有一条狗，领一个邮务生的薪水！中国职员呢，"从前人家说邮局是个铁饭碗，"赵同志整理完了一包邮件，愤愤地说，"这个铁饭碗可不好捧，早来，晚去，低三下四！在办公室里说话都不敢大声，说跟小学生坐在课堂里一样；外国人说什么是什么，外国人说鸡蛋是树上长的，还有个把儿，你也得听着！"

中国的自有邮政到现在有五十几年的历史，除了最近两年和原有的老解放区邮政之外，都是"客邮"，所谓"中华邮政"，是帝国主义掌握之下的殖民地化的邮政，他们所举办的一切的业务是围绕着帝国主义的利益的。比如，他们举办"邮寄箱匣"，——"金银箱匣""矿产箱匣""土产箱匣"……我们的金银，我们的钨砂，我们的文化遗产，我们珍贵的艺术品，就叫他们装在这些"箱匣"里运出去了！……

今天，我们把帝国主义赶了出去，从每一个地方把帝国主义赶出去了，从邮政局，从这个楼上，这间屋子里把他们赶出去了！今天的邮政是"人民邮政"，跟老的"中华邮政"本质上就是不同的。人民的邮政所举办的一切业务是针对着人民的利益的。我们的邮局举办了书报发行，为了要叫书报流传得远，流传得快，为了要叫文化普及，为了广大人民今天那么迫切地需要文化；我们的邮局举办了代销代购；今天走到一个乡下的邮局里可以买得到同仁堂的药，你在乡下想要买一点北京的什么东西，把钱交给邮局，隔不了几天，邮局就能给你捎了去！……这是从前那些铁士兰、巴立地、斯密司们想都不会往这上头想的。

"中国人民站起来了"，邮局的全体的工作同志是完全了解这句话的意义的。他们对于这句话的体会比一般人还要深刻、具体，他们从邮局的组织业务到他们自己身上，都看出现在跟过去根本的截然的分别，他们亲身参加了这种变革。现在不再有人叫投递员叫"信差"，不再有人叫邮勤员"听差"，不再有人把车站上装卸邮件的劳动人员，叫作"野鸡"了！（这是个多么岂有此理的称呼！）今天谁都可以大声说话了，谁都可以对邮局的任何一个工作提意见，而这些意见一定会被重视，会拿到全国邮政工作会议上去讨论的。今天，我们的邮政工作同志大部分都继承了五十多年邮政工作的丰富的经验，发挥了以前被压抑埋伏的群众的创造能力，并且学习了苏联邮政的先进的工作方法，（现在的平邮股的布置，那儿放一张桌子，那儿装一个架子，那儿留出过道，多是经过去年春天来的苏联专家提过意见的，这样布置以后，每个工作同志都感到工作起来非常的顺手，不知不觉中就提高了效率。）全心全意地在为人民服务；因此，你在邮局任何一个地方看得见一种新的气象；因此，无着股的复活率由百分之十二上升到百分之五十二；因此，林爱梅的邮件交到了林爱梅本人的手里，这就是全部的秘密！

你一定时常有机会经过邮政管理局，你在这座坚实巨大的石质建筑物下面走过不知多少次了。今天，还是那一个建筑，可是，在它的内部起了多大的变化！这个变化是跟我们的历史，跟每一个人的生活都息息相关的，而这个变化在一个小小的邮件上面就生动地说明出来了，这是一个多么简单又多么神奇的故事！

最后，关股长告诉我无着股工作的最高的理想。无着股不希望把死信复活率提高到百分之一百，因为那不可能；无着股不是想消极的复活死信，而是要积极消灭死信。苏联今天就几乎没有死信，——死信多，基本上是一种落后现象，新中国成立后死信数目的锐减是一个很可喜的事，这反映了我们的各方面都有着进步，而这也证明了消灭死信是完全可能的。无着股希望没有人写死信，希望每一个人写信的时候都注意把受信人、寄信人的地址都写清楚，无着股将尽一切力量使这个股本身消灭，希望把有用的人力用于其他的生产上去，希望邮局能够举办更多的"书报发行""代销代售"这样的业务。

　　我是非常赞成关股长的理想的，同志，我想你也是赞成的！

第三辑 —— **最是难忘，一碗人间烟火味**

　　再有，佳年好节，合家团团地坐在一桌上，放了十几双的红漆筷子，连不在家中的人也都放着一双筷子，都排着一个座位。小孩子笑孜孜地闹着吵着，母亲和祖母温和地笑着，妻子忙碌着，指挥着厨房中厅堂中仆人们的做菜，端菜，那也是特有一种融融泄泄的乐趣，为孤独者所妒羡不止的，虽然并没有和同伴们同在时那样的宴之趣。

故乡的食物

汪曾祺

炒米和焦屑

小时读《板桥家书》："天寒岁暮，穷亲戚朋友到门，先泡一大碗炒米送手中，佐以酱姜一小碟，最是××××之具"，觉得很亲切。郑板桥是兴化人，我的家乡是高邮，风气相似。这样的感情，是外地人们不易领会的。炒米是各地都有的。但是很多地方都做成了炒米糖。这是很便宜的食品。孩子买了，咯咯地嚼着。四川有"炒米糖开水"，车站码头都有的卖，那是泡着吃的。但四川的炒米糖似也是专业的作坊做的，不像我们那里。我们那里也有炒米糖，像别处一样，切成长方形的一块一块。也有搓成圆球的，叫作"欢喜团"。那也是作坊里做的。但通常所说的炒米，是不加糖黏结的，是"散装"的；而且不是作坊里做出来，是自己家里炒的。

说是自己家里炒，其实是请了人来炒的。炒炒米也要点手艺，并不是人人都会的。入了冬，大概是过了冬至吧，有人背了一面大筛子，手执长柄的铁铲，大街小巷地走，这就是炒炒米的。有时带一个助手，多半是个半大孩子，是帮他烧火的。请到家里来，管一顿饭，给几个钱，炒一天。或二斗，或半石；像我们家人口多，一次得炒一

088

石糯米。炒炒米都是把一年所需一次炒齐，没有零零碎碎炒的。过了这个季节，再找炒炒米的也找不着。一炒炒米，就让人觉得，快要过年了。

装炒米的坛子是固定的，这个坛子就叫"炒米坛子"，不作别的用途。舀炒米的东西也是固定的，一般人家大都是用一个香烟罐头。我的祖母用的是一个"柚子壳"。柚子——我们那里柚子不多见，从顶上开一个洞，把里面的瓤掏出来，再塞上米糠，风干，就成了一个硬壳的钵状的东西。她用这个柚子壳用了一辈子。

我父亲有一个很怪的朋友，叫张仲陶。他很有学问，曾教我读过《项羽本纪》。他薄有田产，不治生业，整天在家研究《易经》，算卦。他算卦用蓍草。全城只有他一个人用蓍草算卦。据说他有几卦算得极灵。有一家，丢了一只金戒指，怀疑是女用人偷了。这女用人蒙了冤枉，来求张先生算一卦。张先生算了，说戒指没有丢，在你们家炒米坛盖子上。一找，果然。我小时就不大相信，算卦怎么能算得这样准，怎么能算得出在炒米坛盖子上呢？不过他的这一卦说明了一件事，即我们那里炒米坛子是几乎家家都有的。

炒米这东西实在说不上有什么好吃。家常预备，不过取其方便。用开水一泡，马上就可以吃。在没有什么东西好吃的时候，泡一碗，可代早晚茶。来了平常的客人，泡一碗，也算是点心。郑板桥说"穷亲戚朋友到门，先泡一大碗炒米送手中"，也是说其省事，比下一碗挂面还要简单。炒米是吃不饱人的。一大碗，其实没有多少东西。我们那里吃泡炒米，一般是抓上一把白糖，如板桥所说"佐以酱姜一小碟"，也有，少。我现在岁数大了，如有人请我吃泡炒米，我倒宁愿来一小碟酱生姜——最好滴几滴香油，那倒是还有点意思的。另外还有一种吃法，用猪油煎两个嫩荷包蛋——我们那里叫作"蛋瘪子"，抓一把炒米和在一起吃。这种食品是只有"惯宝宝"才能吃得到的。谁家要是老给孩子吃这种东西，街坊就会有议论的。

我们那里还有一种可以急就的食品，叫作"焦屑"。煳锅巴磨成碎末，就是焦屑。我们那里，餐餐吃米饭，顿顿有锅巴。把饭铲出来，锅巴用小火烘焦，起出来，卷成一卷，存着。锅巴是不会坏的，不发馊，不长霉。攒够一定的数量，就用一具小石磨磨碎，放起来。焦屑也像炒米一样。用开水冲冲，就能吃了。焦屑调匀后成糊状，有点像北方的炒面，但比炒面爽口。

我们那里的人家预备炒米和焦屑，除了方便，原来还有一层意思，是应急。在不能正常煮饭时，可以用来充饥。这很有点像古代行军用的"糒"。有一年，记不得是哪一年，总之是我还小，还在上小学，党军（国民革命军）和联军（孙传芳的军队）在我们县境内开了仗，很多人都躲进了红十字会。不知道出于一种什么信念，大家都以为红十字会是哪一方的军队都不能打进去的，进了红十字会就安全了。红十字会设在炼阳观，这是一个道士观。我们一家带了一点行李进了炼阳观。祖母指挥着，特别关照，把一坛炒米和一坛焦屑带了去。我对这种打破常规的生活极感兴趣。晚上，爬到吕祖楼上去，看双方军队枪炮的火光在东北面不知什么地方一阵一阵地亮着，觉得有点紧张，也很好玩。很多人家住在一起，不能煮饭，这一晚上，我们是冲炒米、泡焦屑度过的。没有床铺，我把几个道士诵经用的蒲团拼起来，在上面睡了一夜。这实在是我小时候度过的一个浪漫主义的夜晚。

第二天，没事了，大家就都回家了。

炒米和焦屑与我家乡的贫穷和长期的动乱是有关系的。

端午的鸭蛋

家乡的端午，很多风俗和外地一样。系百索子。五色的丝线拧成小绳，系在手腕上。丝线是掉色的，洗脸时沾了水，手腕上就印得红一道绿一道的。做香角子。丝线缠成小粽子，里头装了香面，一个一个串起来，挂在帐钩上。贴五毒。红纸剪成五毒，贴在门槛上。贴符。这符是城隍庙送来的。城隍庙的老道士还是我的寄名干爹，他每年端午节前就派小道士送符来，还有两把小纸扇。符送来了，就贴在堂屋的门楣上。一尺来长的黄色、蓝色的纸条，上面用朱笔画些莫名其妙的道道，这就能辟邪吗？喝雄黄酒。用酒和的雄黄在孩子的额头上画一个王字，这是很多地方都有的。有一个风俗不知别处有不：放黄烟子。黄烟子是大小如北方的麻雷子的炮仗，只是里面灌的不是硝药，而是雄黄。点着后不响，只是冒出一股黄烟，能冒好一会儿。把点着的黄烟子丢在橱柜下面，说是可以熏五毒。小孩子点了黄烟子，常把它的一头抵在板壁上写虎字。写黄烟虎字笔画不能断，所以我们那里的孩子都会写草书的"一笔虎"。还有一个风俗，是端午节的午饭要吃"十二红"，就是十二道红颜色的菜。十二红里我只记得有炒红苋菜、油爆虾、咸鸭蛋，其余的都记不清，数不出了。也许十二红只是一个名目，不一定真凑足十二样。不过午饭的菜都是红的，这一点是我没有记错的，而且，苋菜、虾、鸭蛋，一定是有的。这三样，在我的家乡，都不贵，多数人家是吃得起的。

我的家乡是水乡，出鸭。高邮大麻鸭是著名的鸭种。鸭多，鸭蛋也多。高邮人也善于腌鸭蛋。高邮咸鸭蛋于是出了名。我在苏南、浙江，每逢有人问起我的籍贯，回答之后，对方就会肃然起敬："哦！你们那里出咸鸭蛋！"上海的卖腌腊的店铺里也卖咸鸭蛋，必用纸条特别标明："高邮咸蛋"。高邮还出双黄鸭蛋。别处鸭蛋也偶有双黄的，但不如高邮的多，可以成批输出。双黄鸭蛋味道其实无特别处。还不就是个鸭蛋！只是切开之后，里面圆圆的两个黄，使人惊奇不已。我对异乡人称道高邮鸭蛋，是不大高兴的，好像我们那穷地方就出鸭蛋似的！不过高邮的咸鸭蛋，确实是好，我走的地方不少，所食鸭蛋多矣，但和我家乡的完全不能相比！曾经沧海难为水，他乡咸鸭蛋，我实在瞧不上。袁枚的《随园食单·小菜单》有"腌蛋"一条。袁子才这个人我不喜欢，他的《食单》好些菜的做法是听来的，他自己并不会做菜。但是《腌蛋》这一条我看后却觉得很亲切，而且"餐有荣焉"。文不长，录如下：

　　腌蛋以高邮为佳，颜色细而油多。高文端公最喜食之。席间，先夹取以敬客，放盘中。总宜切开带壳，黄白兼用；不可存黄去白，使味不全，油亦走散。

高邮咸蛋的特点是质细而油多。蛋白柔嫩，不似别处的发干、发粉，入口如嚼石灰。油多尤为别处所不及。鸭蛋的吃法，如袁子才所说，带壳切开，是一种，那是席间待客的办法。平常食用，一般都是敲破"空头"，用筷子挖着吃。筷子头一扎下去，吱——红油就冒出来了。高邮咸蛋的黄是通红的。苏北有一道名菜，叫作"朱砂豆腐"，就是用高邮鸭蛋黄炒的豆腐。我在北京吃的咸鸭蛋，蛋黄是浅黄色的，这叫什么咸鸭蛋呢！

端午节，我们那里的孩子兴挂"鸭蛋络子"。头一天，就由姑姑或姐姐用彩色丝线打好了络子。端午一早，鸭蛋煮熟了，由孩子自己去挑一个，鸭蛋有什么可挑的呢？有！一要挑淡青壳的。鸭蛋壳有白的和淡青的两种。二要挑形状好看的。别说鸭蛋都是一样的，细看却不同。有的样子蠢，有的秀气。挑好了，装在络子里，挂在大襟的纽扣上。这有什么好看呢？然而它是孩子心爱的饰物。鸭蛋络子挂了多半天，什么时候孩子一高兴，就把络子里的鸭蛋掏出来，吃了。端午的鸭蛋，新腌不久，只有一点淡淡的咸味，白嘴吃也可以。

孩子吃鸭蛋是很小心的，除了敲去空头，不把蛋壳碰破。蛋黄蛋白吃光了，用清水把鸭蛋里面洗净，晚上捉了萤火虫来，装在蛋壳里，空头的地方糊一层薄罗。萤火虫在鸭蛋壳里一闪一闪地亮，好看极了！

小时读囊萤映雪故事，觉得东晋的车胤用练囊盛了几十只萤火虫，照了读书，还不如用鸭蛋壳来装萤火虫。不过用萤火虫照亮来读书，而且一夜读到天亮，这能行吗？车胤读的是手写的卷子，字大，若是读现在的新五号字，大概是不行的。

咸菜慈姑汤

一到下雪天，我们家就喝咸菜汤，不知是什么道理。是因为雪天买不到青菜？那也不见得。除非大雪三日，卖菜的出不了门，否则他们总还会上市卖菜的。这大概只是一种习惯。一早起来，看见飘雪花了，我就知道：今天中午是咸菜汤！

咸菜是青菜腌的。我们那里过去不种白菜，偶有卖的，叫作"黄芽菜"，是外地运去的，很名贵。一般黄芽菜炒肉丝，是上等菜。平常吃的，都是青菜，青菜似油菜，但高大得多。入秋，腌菜，这时青菜正肥。把青菜成担的买来，洗净，晾去水气，下缸。一层菜，一层盐，码实，即成。随吃随取，可以一直吃到第二年春天。

腌了四五天的新咸菜很好吃，不咸，细、嫩、脆、甜，难可比拟。

咸菜汤是咸菜切碎了煮成的。到了下雪的天气，咸菜已经腌得很咸了，而且已经发酸，咸菜汤的颜色是暗绿的。没有吃惯的人，是不容易引起食欲的。

咸菜汤里有时加了慈姑片，那就是咸菜慈姑汤。或者叫慈姑咸菜汤，都可以。

我小时候对慈姑实在没有好感。这东西有一种苦味。民国二十年，我们家乡闹大水，各种作物减产，只有慈姑却丰收。那一年我吃了很多慈姑，而且是不去慈姑的嘴子的，真难吃。

我十几岁离乡，辗转漂流，三四十年没有吃到慈姑，并不想。

前好几年，春节后数日，我到沈从文老师家去拜年，他留我吃饭，师母张兆和炒了一盘慈姑肉片。沈先生吃了两片慈姑，说："这个好！格比土豆高。"我承认他这话。吃菜讲究"格"的高低，这种语言正是沈老师的语言。他是对什么事物都讲"格"的，包括对于慈姑、土豆。

因为久违，我对慈姑有了感情。前几年，北京的菜市场在春节前后有卖慈姑的。我见到，必要买一点。回来加肉炒了。家里人都不怎么爱吃。所有的慈姑，都由我一个人"包圆儿"了。

北方人不识慈姑。我买慈姑，总要有人问我："这是什么？"——"慈姑。"——"慈姑是什么？"这可不好回答。

北京的慈姑卖得很贵，价钱和"洞子货"（温室所产）的西红柿、野鸡脖韭菜差不多。

我很想喝一碗咸菜慈姑汤。

我想念家乡的雪。

虎头鲨、昂嗤鱼、砗螯、螺蛳、蚬子

苏州人特重塘鳢鱼。上海人也是，一提起塘鳢鱼，眉飞色舞。塘鳢鱼是什么鱼？我向往之久矣。到苏州，曾想尝尝塘鳢鱼，未能如愿。后来我知道：塘鳢鱼就是虎头鲨，嘻！

塘鳢鱼亦称土步鱼。《随园食单》："杭州以土鱼为上品，而金陵人贱之，目为虎头蛇，可发一笑。"虎头蛇即虎头鲨。这种鱼样子不好看，而且有点凶恶。浑身紫褐色，有细碎黑斑，头大而多骨，鳍如蝶翅。这种鱼在我们那里也是贱鱼，是不能上席的。苏州人做塘鳢鱼有清炒、椒盐多法。我们家乡通常的吃法是氽汤，加醋、胡椒。虎头鲨氽汤，鱼肉极细嫩，松而不散，汤味极鲜，开胃。

昂嗤鱼的样子也很怪，头扁嘴阔，有点像鲇鱼，无鳞，皮色黄，有浅黑色的不规整的大斑。无背鳍，而背上有一根很硬的尖锐的骨刺。用手捏起这根骨刺，它就发出昂嗤昂嗤小小的声音。这声音是怎么发出来的，我一直没弄明白。这种鱼是由这种声音得名的。它的学名是什么，只有去问鱼类学专家了。这种鱼没有很大的，七八寸长的，就算难得的了。这种鱼也很贱，连乡下人也看不起。我的一个亲戚在农村插队，见到昂嗤鱼，买了一些，农民都笑他："买这种鱼干什么！"昂嗤鱼其实是很好吃的。昂嗤鱼通常也是氽汤。虎头鲨是醋汤，昂嗤鱼不加醋，汤白如牛乳，是所谓"好汤"。昂嗤鱼也极细嫩，鳃边的两块蒜瓣肉有大拇指大，堪称至味。有一年，北京一家鱼店不知从哪里运来一些昂嗤鱼，无人问津。顾客都不识这是啥鱼。有一位卖鱼的老师傅倒知道："这是昂嗤。"我看到，高兴极了，买了十来条。回家一做，满不是那么一回事！昂嗤要吃活的（虎头鲨也是活杀）。长途转运，又在冷库里冰了一些日子，肉质变硬，鲜味全失，一点意思都没有！

砗螯我的家乡叫馋螯，砗螯是扬州人的叫法。我在大连见到花蛤，我以为就是砗螯。不是。形状很相似，入口全不同。花蛤肉粗而硬，咬不动。砗螯极柔软细嫩。砗螯好像是淡水里产的，但味道却似海鲜。有点像蚝黄，但比蚝黄味道清爽。比青蛤、蚶子味厚。砗螯可清炒，烧豆腐，或与咸肉同煮。砗螯烧乌青菜（江南人叫塌苦菜），风味绝佳。乌青菜如是经霜而现拔的，尤美。我不食砗螯四十五年矣。

砗螯壳稍呈三角形，质坚，白如细瓷，而有各种颜色的弧形花斑，有浅紫的，有暗红的，有赭石，墨蓝的，很好看。家里买了砗螯，挖出砗螯肉，我们就从一堆砗螯壳里去挑选，挑到好的，洗净了留起来玩。砗螯壳的铰合部有两个突出的尖嘴子，把尖嘴子在糙石上磨磨，不一会儿就磨出两个小圆洞，含在嘴里吹，呜呜地响，且有细细颤音，如风吹窗纸。

螺蛳处处有之。我们家乡清明吃螺蛳，谓可以明目。用五香煮熟螺蛳，分给孩子，一人半碗，由他们自己用竹签挑着吃，孩子吃了螺蛳，用小竹弓把螺蛳壳射到屋顶上，喀拉喀拉地响。夏天"检漏"，瓦匠总要扫下好些螺蛳壳。这种小弓不作别的用处，就叫作螺蛳弓。我在小说《戴东匠》里对螺蛳弓有较详细的描写。

蚬子是我所见过的贝类里最小的了，只有一粒瓜子大。蚬子是剥了壳卖的。剥蚬子的人家附近堆了好多蚬子壳，像一个坟头。蚬子炒韭菜，很下饭。这种东西非常便宜，为小户人家的恩物。

有一年修运河堤。按工程规定，有一段堤面应铺碎石，包工的贪污了款子，在堤面铺了一层蚬子壳。前来检收的委员，坐在汽车里，向外一看，白花花的一片，还抽着雪茄烟，连说："很好！很好！"

我的家乡富水产。鱼之中名贵的是鳊鱼、白鱼（尤重翘嘴白）、鳜花鱼（即桂鱼），谓之"鳊、白、鳜"。虾有青虾、白虾。蟹极肥。以无特点，故不及。

野鸭、鹌鹑、斑鸠、鹨

过去我们那里野鸭子很多。水乡，野鸭子自然多。秋冬之际，天上有时"过"野鸭子，黑乎乎的一大片。在地上可以听到它们鼓翅的声音，呼呼的，好像刮大风。野鸭子是枪打的（野鸭肉里常常有很细的铁砂子，吃时要小心），但打野鸭子的人自己不进城来卖。卖野鸭子有专门的摊子。有时卖鱼的也卖野鸭子，把一个养活鱼的木盆翻过去，野鸭一对一对地摞在盆底。卖野鸭子是不用秤约的，都是一对一对地卖。野鸭子是有一定分量的。依分量大小，有一定的名称，如"对鸭""八鸭"。哪一种有多大分量，我现在已经记不清了。卖野鸭子都是带毛的。卖野鸭子的可以代客当场去毛。拔野鸭毛是不能用开水烫的。野鸭子皮薄，一烫，皮就破了。干拔。卖野鸭子的把一只鸭子放入一个麻袋里，一手提鸭，一手拔毛，一会儿就拔净了。——放在麻袋里拔，是防止鸭毛飞散。代客拔毛，不另收费，卖野鸭子的只要那一点鸭毛。——野鸭毛是值钱的。

野鸭的吃法通常是切块红烧。清炖大概也可以吧，我没有吃过。野鸭子肉的特点是：细、酥，不像家鸭每每肉老。野鸭烧咸菜是我们那里的家常菜。里面的咸菜尤其是佐粥的妙品。

现在我们那里的野鸭子很少了。前几年我回乡一次，偶有，卖得很贵。原因据说是因为县里对各乡水利作了全面综合治理，过去的水荡子、荒滩少了，野鸭子无处栖息。而且，野鸭子过去是吃收割后遗撒在田里的谷粒的，现在收割得很干净，颗粒归仓，野鸭子没有什么可吃的，不来了。

鹌鹑是网捕的。我们那里吃鹌鹑的人家少，因为这东西只有由乡下的亲戚送来，市面上没有卖的。鹌鹑大都是用五香卤了吃。也有用油炸了的。鹌鹑能斗，但我们那里无斗鹌鹑的风气。

我看见过猎人打斑鸠。我在读初中的时候。午饭后，我到学校后面的野地里去玩。野地里有小河，有野蔷薇，有金黄色的茼蒿花，有苍耳（苍耳子有小钩刺，能挂在衣裤上，我们管它叫"万把钩"），有才抽穗的芦荻。在一片树林里，我发现一个猎人。我们那里猎人很少，我从来没有见过猎人，但是我一看见他，就知道：他是一个猎人。这个猎人给我一个非常猛厉的印象。他穿了一身黑，下面却缠了鲜红的绑腿。他很瘦。他的眼睛黑而冷。他握着枪。他在干什么？树林上面飞过一只斑鸠。他在追逐这只斑鸠。斑鸠分明已经发现猎人了。它想逃脱。斑鸠飞到北面，在树上落一落，猎人一步一步往北走。斑鸠连忙往南面飞，猎人扬头看了一眼，斑鸠落定了，猎人又一步一步往南走，非常冷静。这是一场无声的，然而非常紧张的、坚持的较量。斑鸠来回飞，猎人来回走。我很奇怪，为什么斑鸠不往树林外面飞。这样几个来回，斑鸠慌了神了，它飞得不稳了，歪歪倒倒的，失去了原来均匀的节奏。忽然，砰，——枪声一响，斑鸠应声而落。猎人走过去，拾起斑鸠，看了看，装在猎袋里。他的眼睛很黑，很冷。

我在小说《异秉》里提到王二的熏烧摊子上，春天，卖一种叫作"䳊"的野味。䳊这种东西我在别处没看见过。"䳊"这个字很多人也不认得。多数字典里不收。《辞海》里倒有这个字，标音为"duò又读zhuā"。zhua与我乡读音较近，但我们那里是读入声的，这只有用国际音标才标得出来。即使用国际音标标出，在不知道"短促急收藏"的北方人也是读不出来的。《辞海》"䳊"字条下注云"见䳊鸠"，似以为"䳊"即"䳊鸠"。而在"䳊鸠"条下注云："鸟名。雉属。即'沙鸡'。"这就不对了。沙鸡我是见过的，吃过的。内蒙古、张家口多出沙鸡。《尔雅·释鸟》郭璞注："出北方沙漠地"，不错。北京冬季偶尔也有卖的。沙鸡嘴短而红，腿也短。我们那里的䳊却是水鸟，嘴长，腿也长。䳊的滋味和沙鸡有天渊之别。沙鸡肉较粗，略有酸味；䳊肉极细，非常香。我一辈子没有吃过比䳊更香的野味。

蒌蒿、枸杞、荠菜、马齿苋

小说《大淖记事》："春初水暖，沙洲上冒出很多紫红色的芦芽和灰绿色的蒌蒿，很快就是一片翠绿了。"我在书页下方加了一条注："蒌蒿是生于水边的野草，粗如笔管，有节，生狭长的小叶，初生二寸来高，叫作'蒌蒿薹子'，加肉炒食极清香。……"蒌蒿的蒌字，我小时不知怎么写，后来偶然看了一本什么书，才知道的。这个字音"吕"。我小学有一个同班同学，姓吕，我们就给他起了个外号，叫"蒌蒿薹子"（蒌蒿薹子家开了一爿糖坊，小学毕业后未升学，我们看见他坐在糖坊里当小老板，觉得很滑稽）。但我查了几本字典，"蒌"

都音"楼"，我有点恍惚了。"楼""吕"一声之转。许多从"娄"的字都读"吕"，如"屡""缕""褛"……这本来无所谓，读"楼"读"吕"，关系不大。但字典上都说蒌蒿是蒿之一种，即白蒿，我却有点不以为然了。我小说里写的蒌蒿和蒿其实不相干。读苏东坡《惠崇春江晚景》诗："竹外桃花三两枝，春江水暖鸭先知。蒌蒿满地芦芽短，正是河豚欲上时。"此蒌蒿生于水边，与芦芽为伴，分明是我的家乡人所吃的蒌蒿，非白蒿。或者"即白蒿"的蒌蒿别是一种，未可知矣。深望懂诗、懂植物学，也懂吃的博雅君子有以教我。

我的小说注文中所说的"极清香"，很不具体。嗅觉和味觉是很难比方，无法具体的。昔人以为荔枝味似软枣，实在是风马牛不相及。我所谓"清香"，即食时如坐在河边闻到新涨的春水的气味。这是实话，并非故作玄言。

枸杞到处都有。开花后结长圆形的小浆果，即枸杞子。我们叫它"狗奶子"，形状颇像。本地产的枸杞子没有入药的，大概不如宁夏产的好。枸杞是多年生植物。春天，冒出嫩叶，即枸杞头。枸杞头是容易采到的。偶尔也有近城的乡村的女孩子采了，放在竹篮里叫卖："枸杞头来！……"枸杞头可下油盐炒食；或用开水焯了，切碎，加香油、酱油、醋，凉拌了吃。那滋味，也只能说"极清香"。春天吃枸杞头，云可以清火，如北方人吃莴苣菜一样。

"三月三，荠菜花赛牡丹"，俗谓是日以荠菜花置灶上，则蚂蚁不上锅台。

北京也偶有荠菜卖。菜市上卖的是园子里种的，茎白叶大，颜色较野生者浅淡，无香气。农贸市场间有南方的老太太挑了野生的来卖，则又过于细瘦，如一团乱发，制熟后强硬扎嘴。总不如南方野生的有味。

江南人惯用荠菜包春卷，包馄饨，甚佳。我们家乡有用来包春卷的，用来包馄饨的没有——我们家乡没有"菜肉馄饨"。一般是凉拌。荠菜焯熟剁碎，界首茶干切细丁，入虾米，同拌。这道菜是可以上酒席作凉菜的。酒席上的凉拌荠菜都用手拵成一座尖塔，临吃推倒。

马齿苋现在很少有人吃。古代这是相当重要的菜蔬。苋分人苋、马苋。人苋即今苋菜，马苋即马齿苋。我们祖母每于夏天摘肥嫩的马齿苋晾干，过年时作馅包包子。她是吃长斋的，这种包子只有她一个人吃。我有时从她的盘子里拿一个，蘸了香油吃，挺香。马齿苋有点淡淡的酸味。

马齿苋开花，花瓣如一小囊。我们有时捉了一个哑巴知了——知了是应该会叫的，捉住一个哑巴，多么扫兴！于是就摘了两个马齿苋的花瓣套住它的眼睛——马齿苋花瓣套知了眼睛正合适，一撒手，这知了就拼命往高处飞，一直飞到看不见！

三年自然灾害，我在张家口沙岭子吃过不少马齿苋。那时候，这是宝物！

肉食者不鄙

汪曾祺

狮子头

狮子头是淮安菜。猪肉肥瘦各半，爱吃肥的亦可肥七瘦三，要"细切粗斩"，如石榴米大小（绞肉机绞的肉末不行），荸荠切碎，与肉末同拌，用手抟成招柑大的球，入油锅略炸，至外结薄壳，捞出，放进水锅中，加酱油、糖，慢火煮，煮至透味，收汤放入深腹大盘。

狮子头松而不散，入口即化，北方的"四喜丸子"不能与之相比。

周总理在淮安住过，会做狮子头，曾在重庆红岩八路军办事处做过一次，说："多年不做了，来来来，尝尝！"想必做得很成功，因为语气中流露出得意。

我在淮安中学读过一个学期，食堂里有一次做狮子头，一大锅油，狮子头像炸麻团似的在油里翻滚，捞出，放在碗里上笼蒸，下衬白菜。一般狮子头多是红烧，食堂所做却是白汤，我觉最能存其本味。

镇江肴蹄

镇江肴蹄，盐渍，加硝，放大盆中，以巨大石块压之，至肥瘦肉都已板实，取出，煮熟，晾去水气，切厚片，装盘。瘦肉颜色殷红，肥肉白如羊脂玉，入口不腻。

吃肴肉，要蘸镇江醋，加嫩姜丝。

乳腐肉

乳腐肉是苏州松鹤楼的名菜，制法未详。我所做乳腐肉乃以意为之。猪肋肉一块，煮至六七成熟，捞出，俟冷，切大片，每片须带肉皮、肥瘦肉，用煮肉原汤入锅，红乳腐碾烂，加冰糖、黄酒，小火焖。乳腐肉嫩如豆腐，颜色红亮，下饭最宜。汤汁可蘸银丝卷。

腌笃鲜

上海菜。鲜肉和咸肉同炖，加扁尖笋。

东坡肉

浙江杭州、四川眉山，全国到处都有东坡肉。苏东坡爱吃猪肉，见于诗文。东坡肉其实就是红烧肉，功夫全在火候。先用猛火攻，大滚几开，即加作料，用微火慢炖，汤汁略起小泡即可。东坡论煮肉法，云须忌水，不得已时可以浓茶烈酒代之。完全不加水是不行的，会焦煳粘锅，但水不能多。要加大量黄酒。扬州炖肉，还要加一点高粱酒。加浓茶，我试过，也吃不出有什么特殊的味道。

传东坡有一首诗："无竹令人俗，无肉令人瘦，若要不俗与不瘦，除非天天笋烧肉。"未必可靠，但苏东坡有时是会写这种打油体的诗的。冬笋烧肉，是很好吃。我的大姑妈善做这道菜，我每次到姑妈家，她都做。

霉干菜烧肉

这是绍兴菜，全国各处皆有，但不似绍兴人三天两头就要吃一次，鲁迅一辈子大概都离不开霉干菜。《风波》里所写的蒸得乌黑的霉干菜很诱人，那大概是不放肉的。

黄鱼鲞烧肉

宁波人爱吃黄鱼鲞（黄鱼干）烧肉，广东人爱吃咸鱼烧肉，这都是外地人所不能理解的口味，其实这种搭配是很有道理的。近几年因为违法乱捕，黄鱼产量锐减，连新鲜黄鱼都很难吃到，更不用说黄鱼鲞了。

火腿

浙江金华火腿和云南宣威火腿风格不同。金华火腿味清，宣威火腿味重。

昆明过去火腿很多，哪一家饭铺里都能吃到火腿。昆明人爱吃肘棒的部位，横切成圆片，外裹一层薄皮，里面一圈肥肉，当中是瘦肉，叫作"金钱片腿"。正义路有一家火腿庄，专卖火腿，除了整只的、零切的火腿，还可以买到火腿脚爪，火腿油。火腿油炖豆腐很好吃。护国路原来有一家本地馆子，叫"东月楼"，有一道名菜"锅贴乌鱼"，乃以乌鱼片两片，中夹火腿一片，在平底铛上烙熟，味道之鲜美，难以形容。前年我到昆明去，向本地人问起东月楼，说是早就没有了，"锅贴乌鱼"遂成《广陵散》。

华山南路吉庆祥的火腿月饼，全国第一。一个重旧秤四两，名曰"四两坨"。吉庆祥还在，而且有了分号，所制四两坨不减当年。

腊肉

湖南人爱吃腊肉。农村人家杀了猪，大部分都腌了，挂在厨灶房梁上，烟熏成腊肉。我不怎样爱吃腊肉，有一次在长沙一家大饭店吃了一回蒸腊肉，这盘腊肉真叫好。通常的腊肉是条状，切片不成形，这盘腊肉却是切成颇大的整齐的方片，而且蒸得极烂，我没有想到腊肉能蒸得这样烂！入口香糯，真是难得。

夹沙肉、芋泥肉

夹沙肉和芋泥肉都是甜的，夹沙肉是川菜，芋泥肉是广西菜。厚膘臀尖肉，煮半熟，捞出，沥去汤，过油灼肉皮起泡，候冷，切大片，两片之间不切通，夹入豆沙，装碗笼蒸，蒸至四川人所说"粑而不烂"倒扣在盘里，上桌，是为夹沙肉。芋泥肉做法与夹沙肉相似，芋泥较豆沙尤为细腻，且有芋香，味较夹沙肉更胜一筹。

白肉火锅

白肉火锅是东北菜。其特点是肉片极薄，是把大块肉冻实了，用刨子刨出来的，故入锅一涮就熟，很嫩。白肉火锅用海蛎子（蚝）作锅底，加酸菜。

烤乳猪

烤乳猪原来各地都有，清代满汉餐席上必有这道菜，后来别处渐渐没有，只有广东一直盛行，大饭店或烧腊摊上的烤乳猪都很好。烤乳猪如果抹一点甜面酱卷薄饼吃，一定不亚于北京烤鸭。可惜广东人不大懂得吃饼，一般烤乳猪只作为冷盘。

喝茶

梁实秋

我不善品茶，不通茶经，更不懂什么茶道，从无两腋之下习习生风的经验。但是，数十年来，喝过不少茶，北平的双窨、天津的大叶、西湖的龙井、六安的瓜片、四川的沱茶、云南的普洱、洞庭湖的君山茶、武夷山的岩茶，甚至不登大雅之堂的茶叶梗与满天星随壶净的高末儿，都尝试过。

茶是我们中国人的饮料，口干解渴，唯茶是尚。茶字，形近于荼，声近于槚，来源甚古，流传海外，凡是有中国人的地方就有茶。人无贵贱，谁都有分，上焉者细啜名种，下焉者牛饮茶汤，甚至路边埂畔还有人奉茶。北人早起，路上相逢，辄问讯"喝茶未"？茶是开门七件事之一，乃人生必需品。

孩提时，屋里有一把大茶壶，坐在一个有棉衬垫的藤箱里，相当保温，要喝茶自己斟。我们用的是绿豆碗，这种碗大号的是饭碗，小号的是茶碗，作绿豆色。粗糙耐用，当然和宋瓷不能比，和江西瓷不能比，和洋瓷也不能比，可是有一股朴实厚重的风貌，现在这种碗早已绝迹，我很怀念。这种碗打破了不值几文钱，脑勺子上也不至于挨巴掌。

银托白瓷小盖碗是祖父母专用的，我们看着并不羡慕。看那小小的一盏，两口就喝光，泡两三回就得换茶叶，多麻烦。

如今盖碗很少见了，除非是到故宫博物院拜会蒋院长，他那大客厅里总是会端出盖碗茶敬客。再不就是在电视剧中也常看见有盖碗茶，可是演员一手执盖一手执碗缩着脖子啜茶那副狼狈相，令人发噱，因为他不知道喝盖碗茶应该是怎样的喝法。他平素自己喝茶大概一直是用玻璃杯、保温杯之类。如今，我们此地见到的盖碗，多半是近年来本地制造的"万寿无疆"的那种样式，瓷厚了一些；日本制的盖碗，样式微有不同，总觉得有些怪怪的。

近有人回大陆，顺便探视我的旧居，带来我三十多年前天天使用的一只瓷盖碗，原是十二套，只剩此一套了，碗沿还有一点磕损，睹此旧物，勾起往日的心情，不禁黯然。盖碗究竟是最好的茶具。

茶叶品种繁多，各有擅场。有友来自徽州，同学清华，徽州产茶胜地，但是他看到我用一撮茶叶放在壶里沏茶，表示惊讶，因为他只知道茶叶是烘干打包捆载上船沿江运到沪杭求售，剩下来的茶梗才是家人饮用之物。恰如北人所谓"卖席的睡凉炕"。

我平素喝茶，不是香片就是龙井，多次到大栅栏东鸿记或西鸿记去买茶叶，在柜台前面一站，徒弟搬来凳子让坐，看伙计称茶叶，分成若干小包，包得见棱见角，那份手艺只有药铺伙计可以媲美，茉莉花窨过的茶叶，临卖的时候再抓一把鲜茉莉放在表面上，所以叫作双窨。于是茶店里经常是茶香花香，郁郁菲菲。

父执有名玉贵者，旗人，精于饮馔，居恒以一半香片一半龙井混合沏之，有香片之浓馥，兼龙井之苦清。吾家效而行之，无不称善。茶以人名，乃径呼此茶为"玉贵"，私家秘传，外人无由得知。

其实，清茶最为风雅。抗战前造访知堂老人于苦茶庵，主客相对总是有清茶一盂，淡淡的、涩涩的、绿绿的。我曾屡侍先君游西子湖，从不忘记品尝当地的龙井，不需要攀登南高峰风篁岭，近处平湖秋月就有上好的龙井茶，开水现冲，风味绝佳。茶后进藕粉一碗，四美俱矣。正是"穿牖而来，夏日清风冬日日；卷帘相见，前山明月后山山"（骆成骧联）。

有朋自六安来，贻我瓜片少许，叶大而绿，饮之有荒野的气息扑鼻。其中西瓜茶一种，真有西瓜风味。我曾过洞庭，舟泊岳阳楼下，购得君山茶一盒。沸水沏之，每片茶叶均如针状直立漂浮，良久始舒展下沉，味品清香不俗。

初来台湾，粗茶淡饭，颇想倾阮囊之所有在饮茶一端偶作豪华之享受。一日过某茶店，索上好龙井，店主将我上下打量，取八元一斤之茶叶以应，余示不满，乃更以十二元者奉上，余仍不满，店主勃然色变，厉声曰："买东西，看货色，不能专以价钱定上下。提高价格，自欺欺人耳！先生奈何不察？"我爱其憨直。现在此茶店门庭若市，已成为业中之翘楚。此后我饮茶，但论品味，不问价钱。

茶之以浓酽胜者莫过于工夫茶。《潮嘉风月记》说工夫茶要细炭初沸连壶带碗泼浇，斟而细呷之，气味芳烈，较嚼梅花更为清绝。

我没嚼过梅花，不过我旅居青岛时有一位潮州澄海朋友，每次聚饮酩酊，辄相偕走访一潮州帮巨商于其店肆。肆后有密室，烟具、茶具均极考究，小壶小盅有如玩具。更有娈婉卅童伺候煮茶、烧烟，因此经常饱吃工夫茶，诸如铁观音、大红袍，吃了之后还携带几匣回家。

不知是否故弄玄虚，谓炉火与茶具相距以七步为度，沸水之温度方合标准。举小盅而饮之，若饮罢径自返盅于盘，则主人不悦，须举盅至鼻头猛嗅两下。这茶最有解酒之功，如嚼橄榄，舌根微涩，数巡之后，好像是越喝越渴，欲罢不能。

喝工夫茶，要有功夫，细呷细品，要有设备，要人服侍，如今乱糟糟的社会里谁有那么多的工夫？红泥小火炉哪里去找？伺候茶汤的人更无论矣。

普洱茶，漆黑一团，据说也有绿色者，泡烹出来黑不溜秋，粤人喜之。在北平，我只在正阳楼看人吃烤肉，吃得口滑肚子膨脝不得动弹，才高呼堂倌泡普洱茶。四川的沱茶亦不恶，惟一般茶馆应市者非上品。台湾的乌龙，名震中外，大量生产，佳者不易得。处处标榜冻顶，事实上哪里有那么多的冻顶？

喝茶，喝好茶，往事如烟。提起喝茶的艺术，现在好像谈不到了，不提也罢。

谈酒

周作人

这个年头儿，喝酒倒是很有意思的。我虽是京兆人，却生长在东南的海边，是出产酒的有名地方。我的舅父和姑父家里时常做几缸自用的酒，但我终于不知道酒是怎么做法，只觉得所用的大约是糯米，因为儿歌里说，"老酒糯米做，吃得变nio nio"——末一字是本地叫猪的俗语，做酒的方法与器具似乎都很简单，只有煮的时候的手法极不容易，非有经验的工人不办，平常做酒的人家大抵聘请一个人来，俗称"酒头工"，以自己不能喝酒者为最上，叫他专管鉴定煮酒的时节。有一个远房亲戚，我们叫他"七斤公公"，——他是我舅父的族叔，但是在他家里做短工，所以舅母只叫他作"七斤老"，有时也听见她叫"老七斤"，是这样的酒头工，每年去帮人家做酒，他喜吸旱烟，说玩话，打麻将，但是不大喝酒（海边的人喝一两碗是不算能喝，照市价计算也不值十文钱的酒），所以生意很好，时常跑一二百里路被招到诸暨峰县去。据他说这实在并不难，只需走到缸边屈着身听，听见里边起泡的声音切切嚓嚓的，好像是螃蟹吐沫（儿童称为蟹煮饭）的样子，便拿来煮就得了；早一点酒还未成，迟一点就变酸了。但是怎么是恰好的时期，别人仍不能知道，只有听熟的耳朵才能够断定，正如古董家的眼睛辨别古物一样。

大人家饮酒多用酒盅，以表示其斯文，实在是不对的。正当的喝法是用一种酒碗，浅而大，底有高足，可以说是古已有之的香槟杯。平常起码总是两碗，合一"串筒"，价值似是六文一碗。串筒略如倒写的凸字，上下部如一与三之比，以洋铁为之，无盖无嘴，可倒而不可筛，据好酒家说酒以倒为正宗，筛出来的不大好吃。唯酒保好于量酒之前先"荡"（置水于器内，播荡而洗涤之谓）串筒，荡后往往将清水之一部分留在筒内，客嫌酒淡，常起争执，故喝酒老手必先戒堂倌以勿荡串筒，并监视其量好放在温酒架上。能饮者多索竹叶青，通称曰"本色"，"元红"系状元红之略，则着色者，唯外行人喜饮之。在外省有所谓花雕者，唯本地酒店中却没有这样东西。相传昔时人家生女，则酿酒贮花雕（一种有花纹的酒坛）中，至女儿出嫁时用以飨客，但此风今已不存，嫁女时偶用花雕，也只临时买元红充数，饮者不以为珍品。有些喝酒的人预备家酿，却有极好的，每年做醇酒若干坛，按次第埋园中，二十年后掘取，即每岁皆得饮二十年陈的老酒了。此种陈酒例不发售，故无处可买，我只有一回在旧日业师家里喝过这样好酒，至今还不曾忘记。

我既是酒乡的一个土著，又这样的喜欢谈酒，好像一定是个与"三酉"结不解缘的酒徒了。其实却大不然。我的父亲是很能喝酒的，我不知道他可以喝多少，只记得他每晚用花生米水果等下酒，且喝且谈天，至少要花费两点钟，恐怕所喝的酒一定很不少了。但我却是不肖，不，或者可以说有志未逮，因为我很喜欢喝酒而不会喝，所以每逢酒宴我总是第一个醉与脸红的。自从辛酉患病后,医生叫我喝酒以代药饵,定量是勃阑地每回二十格阑姆,葡萄酒与老酒等倍之,六年以后酒量一点没有进步,到现在只要喝下一百格阑姆的花雕,便立刻变成关夫子了。(以前大家笑谈称作"赤化",此刻自然应当谨慎,虽然是说笑话。)有些有不醉之量的,愈饮愈是脸白的朋友,我觉得非常可以欣羡,只可惜他们愈能喝酒便愈不肯喝酒,好像是美人之不肯显示她的颜色,这实在是太不应该了。

黄酒比较的便宜一点,所以觉得时常可以买喝,其实别的酒也未尝不好。白干于我未免过凶一点,我喝了常怕口腔内要起泡,山西的汾酒与北京的莲花白虽然可喝少许,也总觉得不很和善。日本的清酒我颇喜欢,只是仿佛新酒模样,味道不很静定。蒲桃酒与橙皮酒都很可口,但我以为最好的还是勃阑地。我觉得西洋人不很能够了解茶的趣味,至于酒则很有工夫,决不下于中国。天天喝洋酒当然是一个大的漏卮,正如吸烟卷一般,但不必一定进国货党,咬定牙根要抽净丝,随便喝一点什么酒其实都是无所不可的,至少是我个人这样地想。

喝酒的趣味在什么地方?这个我恐怕有点说不明白。有人说,酒的乐趣是在醉后的陶然的境界。但我不很了解这个境界是怎样的,因为我自饮酒以来似乎不大陶然过,不知怎的我的醉大抵都只是生理的,而不是精神的陶醉。所以照我说来,酒的趣味只是在饮的时候,我想悦乐大抵在做的这一刹那,倘若说是陶然那也当是杯在口的一刻罢。醉了,困倦了,或者应当休息一会儿,也是很安舒的,却未必能说酒的真趣是在此间。昏迷，梦霓，吃语，或是忘却现世忧患之一法门；其实这也是有限的，倒还不如把宇宙性命都投在一口美酒里的耽溺之力还要强大。我喝着酒，一面也怀着"杞天之虑"，生恐强硬的礼教反动之后将引起颓废的风气，结果是借醇酒妇人以避礼教的迫害，沙宁（Sallin）时代的出现不是不可能的。但是，或者在中国什么运动都未必彻底成功，青年的反拨力也未必怎么强盛，那么杞天终于只是杞天，仍旧能够让我们喝一口非耽溺的酒也未可知。倘若如此，那时喝酒又一定另外觉得很有意思了吧？

食豆饮水斋闲笔

豌豆

在北市口卖熏烧炒货的摊子上，和我写的小说《异秉》里的王二的摊子上，都能买到炒豌豆和油炸豌豆。二十文（两枚当十的铜圆）即可买一小包，撒一点盐，一路上吃着往家里走，到家门口，也就吃完了。

离我家不远的越塘旁边的空地上，经常有几副卖零吃的担子。卖花生糖的。大粒去皮的花生仁，炒熟仍是雪白的，平摊在抹了油的白石板上，冰糖熬好，均匀地浇在花生米上，候冷，铲起。这种花生糖晶亮透明，不用刀切，大片，放在玻璃匣里，要买，取出一片，现约，论价。冰糖极脆，花生很香。卖豆腐脑的。我们那里的豆腐脑不像北京浇口蘑渣羊肉卤，只倒一点酱油、醋，加一滴麻油——用一只一头缚着一枚制钱的筷子，在油壶里一蘸，滴在碗里，真正只有一滴。但是加很多样零碎作料：小虾米、葱花、蒜泥、榨菜末、药芹末——我们那里没有旱芹，只有水芹即药芹，我很喜欢药芹的气味。我觉得这样的豆腐脑清清爽爽，比北京的勾芡的黏黏糊糊的羊肉卤的要好吃。卖糖豌豆粥的。香粳晚米和豌豆一同在铜锅中熬熟，盛出后加洋糖（绵白糖）一勺。夏日于柳荫下喝一碗，风味不恶。我离乡五十多年，至今还记得豌豆粥的香味。

北京以豌豆制成的食品，最有名的是"豌豆黄"。这东西其实制法很简单，豌豆熬烂，去皮，澄出细沙，加少量白糖，摊开压扁，切成5寸×3寸的长方块，再加刀割出四方小块，分而不离，以牙签扎取而食。据说这是"宫廷小吃"，过去是小饭铺里都卖的，很便宜，现在只仿膳这样的大餐馆里有了，而且卖得很贵。

夏天连阴雨天，则有卖煮豌豆的。整粒的豌豆煮熟，加少量盐，搁两个大蒜瓣在浮头上，用豆绿茶碗量了卖。虎坊桥有一个傻子卖煮豌豆，给得多。虎坊桥一带流传一句歇后语："傻子的豌豆——多给。"北京别的地区没有这样的歇后语。想起煮豌豆，就会叫人想起北京夏天的雨。

早年前有磕豌豆模子的。豌豆煮成泥，摁在雕成花样的木模子里，磕出来，就成了一个一个小玩意儿，小猫、小狗、小兔、小猪。买的都是孩子，也玩了，也吃了。

以上说的是干豌豆。新豌豆都是当菜吃。烩豌豆是应时当令的新鲜菜。加一点火腿丁或鸡茸自然很好，就是素烩，也极鲜美。烩豌豆不宜久煮，久煮则汤色发灰，不透亮。

全国兴起了吃荷兰豌豆也就近几年的事。我吃过的荷兰豆以厦门为最好，宽大而嫩。厦门的汤米粉中都要加几片荷兰豆，可以解海鲜的腥味。北京吃的荷兰豆都是从南方运来的。我在厦门郊区的田里看到正在生长着的荷兰豆，搭小架，水红色的小花，嫩绿的叶子，嫣然可爱。

豌豆的嫩头，我的家乡叫豌豆头，但将"豌"字读成"安"。云南叫豌豆尖，四川叫豌豆颠。我的家乡一般都是油盐炒食。云南、四川加在汤面上面。叫作"飘"或"青"。不要加豌豆苗，叫"免飘"；"多青重红"则是多要豌豆苗和辣椒。吃毛肚火锅，在涮了各种荤料后，浓汤中推进一大盘豌豆颠，美不可言。

豌豆可以入画。曾在山东看到钱舜举的册页，画的是豌豆，不能忘。钱舜举的画设色娇而不俗，用笔稍细而能潇洒，我很喜欢。见过一幅日本竹内栖凤的画，豌豆花、叶颜色较钱舜举尤为鲜丽，但不知道为什么在豌豆前面画了一条赭色的长蛇，非常逼真。是不是日本人觉得蛇也很美？

绿豆

绿豆在粮食里是最重的。一麻袋绿豆二百七十斤，非壮劳力扛不起。

绿豆性凉，夏天喝绿豆汤、绿豆粥、绿豆水饭，可祛暑。

绿豆的最大用途是做粉丝。粉丝好像是中国的特产。外国名之曰玻璃面条。常见的粉丝的吃法是下在汤里。华侨很爱吃粉丝，大概这会引起他们的故国之思。每年国内要运销大量粉丝到东南亚各地，一律称为"龙口细粉"，华侨多称之为"山东粉"。我有个亲戚，是闽籍马来西亚归侨，我在她家吃饭，她在什么汤里都必放两样东西：粉丝和榨菜。苏南人爱吃"油豆腐线粉"，是小吃，乃以粉丝及豆腐泡下在冬菇扁尖汤里。午饭已经消化完了,晚饭还不到时候,吃一碗油豆腐线粉,蛮好。北京的镇江馆子森隆以前有一道菜,银丝牛肉:粉丝温油炸脆,浇宽汁小炒牛肉丝,哧啦有声。不知这是不是镇江菜。做银丝牛肉的粉丝必须是纯绿豆的,否则易于焦煳。我曾在自己家里做过一次,粉丝大概掺了不知别的什么东西,炸后成了一团黑炭。"蚂蚁上树"原是四川菜,肉末炒粉丝。有一个剧团的伙食办得不好,演员意见很大。剧团的团长为了关心群众生活,深入到食堂去亲自考察,看到菜牌上写的菜名有"蚂蚁上树",说:"啊呀,伙食是有问题,蚂蚁怎么可以吃呢?"这样的人怎么可以当团长呢?

绿豆轧的面条叫"杂面"。《红楼梦》里尤三姐说:"咱们清水下杂面,你吃我看。"或说杂面要下羊肉汤里,清水下杂面是说没有吃头的。究竟这句话是什么意思,我还不太明白。不过杂面是要有点荤汤的,素汤杂面我还没有吃过。那么,吃长斋的人是不吃杂面的?

凉粉皮原来都是绿豆的,现在纯绿豆的很少,多是杂豆的。大块凉粉则是白薯粉的。

凉粉以川北凉粉为最好,是豌豆粉,颜色是黄的。川北凉粉放很多油辣椒,吃时嘴里要嘘嘘出气。

广东人爱吃绿豆沙。昆明正义路南头近金碧路处有一家广东人开的甜品店,卖绿豆沙、芝麻糊和番薯糖水。绿豆沙、芝麻糊都好吃,番薯糖水则没有多大意思。

绿豆糕以昆明的吉庆祥和苏州采芝斋最好,油重,且加了玫瑰花。北京的绿豆糕不加油,是干的,吃起来噎人。我有一阵生胆囊炎，不宜吃油，买了一盒回来，我的孙女很爱吃，一气吃了几块，我觉得不可理解。

黄豆

豆叶在古代是可以当菜吃的，吃法想必是做羹。后来就没有人吃了，没有听说过有人吃凉拌豆叶、炒豆叶、豆叶汤。

我们那里，夏天，家家都要吃几次炒毛豆，加青辣椒。中秋节煮毛豆供月，带壳煮。我父亲会做一种毛豆：毛豆剥出粒，与小青椒（不切）同煮，加酱油、糖，候豆熟收汤，摊在筛子里晾至半干，豆皮起皱，收入小坛。下酒甚妙，做一次可以吃几天。

北京的小酒馆里盐水煮毛豆，有的酒馆是整棵地煮的，不将豆荚剪下，酒客用手摘了吃，似比装了一盘吃起来更香。

香椿豆甚佳。香椿嫩头在开水中略烫，沥去水，碎切，加盐；毛豆加盐煮熟，与香椿同拌匀，候冷，贮之玻璃瓶中，隔日取食。

北京人吃炸酱面，讲究的要有十几种菜码，黄瓜丝、小萝卜、青蒜……还得有一撮毛豆或青豆。肉丁（不用副食店买的绞肉末）炸酱与青豆同嚼，相得益彰。

北京人炒麻豆腐要放几个青豆嘴儿——青豆发一点芽。

三十年前北京稻香村卖熏青豆，以佐茶甚佳。这种豆大概未必是熏的，只是加一点茴香，入轻盐煮后晾成的。皮亦微皱，不软不硬，有咬劲。现在没有了，想是因为费工而利薄，熏青豆是很便宜的。

江阴出粉盐豆。不知怎么能把黄豆发得那样大，长可半寸，盐炒，豆不收缩，皮色发白，极酥松，一嚼即成细粉，故名粉盐豆。味甚隽，远胜花生米。吃粉盐豆，喝白花酒，很相配。我那时还不怎么会喝酒，只是喝白开水。星期天，坐在自修室里，喝水，吃豆，读李清照、辛弃疾词，别是一番滋味。我在江阴南菁中学读过两年，星期天多半是这样消磨过去的。前年我到江阴寻梦，向老同学问起粉盐豆，说现在已经没有了。

稻香村、桂香村、全素斋等处过去都卖笋豆。黄豆、笋干切碎，加酱油、糖煮。现在不大见了。

三年自然灾害时，对十七级干部有一点照顾，每月发几斤黄豆、一斤白糖，叫作"糖豆干部"。我用煮笋豆法煮之，没有笋干，放一点口蘑。口蘑是我在张家口坝上自己采得晒干的。我做的口蘑豆自家吃，还送人。曾给黄永玉送去过。永玉的儿子黑蛮吃了，在日记里写道："黄豆是不好吃的东西，汪伯伯却能把它做得很好吃，汪伯伯很伟大！"

炒黄豆芽宜烹糖醋。

黄豆芽吊汤甚鲜。南方的素菜馆、供素斋的寺庙，都用豆芽汤取鲜。有一老饕在一个庙里吃了素斋，怀疑汤里放了虾子包，跑到厨房里去验看，只见一口大锅里熬着一锅黄豆芽和香菇蒂的汤。黄豆芽汤加酸雪里蕻，泡饭甚佳。此味北人不解也。

黄豆对中国人民最大的贡献是能做豆腐及各种豆制品。如果没有豆腐，中国人民的生活将会缺一大块，和尚、尼姑、素菜馆的大师傅就通通"没戏"了。素菜除了冬菇、口蘑、金针菇、木耳、冬笋、竹笋，主要是靠豆腐、豆制品。素这个，素那个，只是豆制品变出的花样而已。关于豆腐，应另写专文，此不及。

扁豆

我们那一带的扁豆原来只有北京人所说的"宽扁豆"的那一种。郑板桥写过一副对联："一庭春雨瓢儿菜，满架秋风扁豆花。"指的当是这种扁豆。这副对子写的是尚可温饱的寒士家的景况，有钱的阔人家是不会在庭院里种菜种扁豆的。扁豆有紫花和白花的两种，紫花的较多，白花的少。郑板桥眼中的扁豆花大概是紫的。紫花扁豆结的豆角皮色亦微带紫，白花扁豆则是浅绿色的。吃起来味道都差不多。唯入药用，则必为"白扁豆"，两种扁豆药性可能不同。扁豆初秋即开花，旋即结角，可随时摘食。板桥所说"满架秋风"，给人的感觉是已是深秋了。画扁豆花的画家喜欢画一只纺织娘，这是一个季节的东西。暑尽天凉，月色如水，听纺织娘在扁豆架上沙沙地振羽，至有情味。北京有种红扁豆的，花是大红的，豆角则是深紫红的。这种红扁豆似没人吃，只供观赏。我觉得这种扁豆红得不正常，不如紫花、白花有韵致。

北京通常所说的扁豆，上海人叫四季豆。我的家乡原来没有，现在有种的了。北京的扁豆有几种，一般的就叫扁豆，有上架的，叫"架豆"。一种叫"棍儿扁豆"，豆角如小圆棍。"棍儿扁豆"字面自相矛盾，既似棍儿，不当叫扁。有一种豆角较宽而甚嫩的，叫"焖儿豆"，我想是"眉豆"的讹读。北京人吃扁豆无非是焯熟凉拌、炒，或焖。"焖扁豆面"挺不错。扁豆焖熟，加水，面条下在上面，面熟，将扁豆翻到上面来，再稍焖，即得。扁豆不管怎么做，总宜加蒜。

我在泰山顶上一个招待所里吃过一盘炒棍儿扁豆，非常嫩。平生所吃扁豆，此为第一。能在泰山顶上吃到，尤为难得。

芸豆

我在昆明吃了几年芸豆。西南联大的食堂里有几个常吃的菜：炒猪血（云南叫"旺子"），炒莲花白（即北京的圆白菜、上海的卷心菜、张家口的疙瘩白），灰色的魔芋豆腐……几乎每天都有的是煮芸豆。府甬道菜市上有卖芸豆的，盐煮，我们有时买了当零嘴吃，因为很便宜。芸豆有红的和白的两种，我们在昆明吃的是红的。

北京小饭铺里过去有芸豆粥卖，是白芸豆。芸豆粥粥汁甚黏，好像勾了芡。

芸豆卷和豌豆黄一样，也是"宫廷小吃"。白芸豆煮成沙，入糖，制为小卷。过去北海漪澜堂茶馆里有卖，现在不知还有没有。

在乌鲁木齐逛"巴扎"，见白芸豆极大，有大拇指头顶儿那样大，很想买一点，但是数千里外带一包芸豆回北京，有点"神经"，遂作罢。

红小豆

红小豆上海叫赤豆：赤豆汤，赤豆棒冰。北京叫小豆：小豆粥，小豆冰棍。我的家乡叫红饭豆，因为可掺在米里蒸成饭。

红小豆最大的用途是做豆沙。北方的豆沙有不去皮的，只是小豆煮烂而已。豆包、炸糕的馅都是这样的粗制豆沙。水滤去皮，成为细沙，北方叫"澄沙"，南方叫"洗沙"。做月饼、甜包、汤圆，都离不开豆沙。豆沙最能吸油，故宜作馅。我们家大年初一早起吃汤圆，洗沙是年前就用大量的猪油拌了，每天在饭锅头上蒸一次，沙色紫得发黑，已经吸足了油。我们家的汤圆又很大，我只能吃两三个，因为一咬一嘴油。

四川菜有夹沙肉，乃以肥多瘦少的带皮臀尖肉整块煮至六七成熟，捞出，稍凉后，切成厚二三分的大片，两片之间肉皮不切通，中夹洗沙，上笼蒸扒。这道菜是放糖的，很甜。肥肉已经脱了油，吃起来不腻。但也不能多吃，我只能来两片。我的儿子会做夹沙肉，每次都很成功。

豇豆

我小时最讨厌吃豇豆，只有两层皮，味道寡淡。后来北京，岁数大了，觉得豇豆也还好吃。人的口味是可以变的。比如我小时不吃猪肺，觉得泡泡囊囊的，嚼起来很不舒服。老了，觉得肺头挺好吃，于老人牙齿甚相宜。

嫩豇豆切寸段，入开水锅焯熟，以轻盐稍腌，滗去盐水，以好酱油、镇江醋、姜、蒜末同拌，滴香油数滴，可以"渗"酒。炒食亦佳。

河北省酱菜中有酱豇豆，别处似没有。北京的六必居、天源，南方扬州酱菜中都没有。保定酱豇豆是整根酱的，甚脆嫩，而极咸。河北人口重，酱菜无不甚咸。

　　豇豆米老后，表皮光洁，淡绿中泛浅紫红晕斑。瓷器中有一种"豇豆红"就是这种颜色。曾见一豇豆红小石榴瓶，莹润可爱。中国人很会为瓷器的釉色取名，如"老僧衣""芝麻酱""茶叶末"，都甚肖。

臭豆腐

周作人

近日百物昂贵，手捏三四百元出门，买不到什么小菜。四百元只够买一块酱豆腐，而豆腐一块也要百元以上，加上盐和香油生吃，既不经吃也不便宜，这时候只有买臭豆腐最是上算了。这只要百元一块，味道颇好，可以杀饭，却又不能多吃，大概半块便可下一顿饭，这不是很经济的么。

这一类的食品在我们的乡下出产很多，豆腐做的是霉豆腐，分红霉豆腐、臭霉豆腐两种（棋子霉豆腐附），有霉干张，霉苋菜梗，霉菜头，这些乃是家里自制的。外边改称酱豆腐臭豆腐，这也没有什么关系，但本地别有一种臭豆腐，用油炸了吃的，所以在乡下人看来，这名称是有点缠夹的了。更有意思的是，乡下所制干菜，有白菜干油菜干倒督菜之分，外边则统称之为霉干菜，干菜本不霉而称之曰霉，豆腐事实上是霉过的而不称为霉，在乡下人听了是很有点儿别扭的。

豆腐据说是淮南遗制，历史甚长，够得上说是中国文明的特产，现代科学盛称大豆的营养价值，所以这是名实相符的国粹。他的制品又是种类很多，豆腐，油豆腐，豆腐干，豆腐皮，千张，豆腐渣，此外还有豆腐浆和豆面包，做起菜来各具风味，并不单调，如用豆腐店的出品做成十碗菜，一定是比砂锅居的全猪席要好得多的。中国人民所吃的小菜，一半是白菜萝卜，一半是豆腐制品，淮南的流泽实是孔长了。还有一件事想起来也很好玩的，便是西洋人永不会得吃豆腐，我们想象用了豆腐干油豆腐去做大菜，能够做出什么东西来，巴黎的豆腐公司之失败，也就是一个证明了。

酸梅汤与糖葫芦

梁实秋

夏天喝酸梅汤，冬天吃糖葫芦，在北平是不分阶级人人都能享受的事。不过东西也有精粗之别。琉璃厂信远斋的酸梅汤与糖葫芦，特别考究，与其他各处或街头小贩所供应者大有不同。

徐凌霄《旧都百话》关于酸梅汤有这样的记载：

> 暑天之冰，以冰梅汤为最流行，大街小巷，干鲜果铺的门口，都可以看见"冰镇梅汤"四字的木檐横额。有的黄底黑字，甚为工致，迎风招展，好似酒家的帘子一样，使过往的热人，望梅止渴，富于吸引力。昔年京朝大老，贵客雅流，有闲工夫，常常要到琉璃厂逛逛书铺，品品古董，考考版本，消磨长昼。天热口干，辄以信远斋梅汤为解渴之需。

信远斋铺面很小，只有两间小小门面，临街是旧式玻璃门窗，拂拭得一尘不染，门楣上一块黑漆金字匾额，铺内清洁简单，道地北平式的装修。进门右手方有黑漆大木桶一，里面有一大白瓷罐，罐外周围全是碎冰，罐里是酸梅汤，所以名为冰镇，北平的冰是从什刹海或护城河挖取藏在窖内的，冰块里可以看见草皮木屑，泥沙秽物更不能免，是不能放在饮料里喝的。

什刹海会贤堂的名件"冰碗"，莲蓬、桃仁、杏仁、菱角、藕都放在冰块上，食客不嫌其脏，真是不可思议。有人甚至把冰块放在酸梅汤里！

信远斋的冰镇就高明多了。因为桶大、罐小、冰多，喝起来凉沁脾胃。他的酸梅汤的成功秘诀，是冰糖多、梅汁稠、水少，所以味浓而酽。上口冰凉，甜酸适度，含在嘴里如品纯醪，舍不得下咽。很少人能站在那里喝那一小碗而不再喝一碗的。

抗战胜利还乡，我带孩子们到信远斋，我准许他们能喝多少碗都可以。他们连尽七碗方始罢休。我每次去喝，不是为解渴，是为解馋。我不知道为什么没有人动脑筋把信远斋的酸梅汤制为罐头行销各地，而一任"可口可乐"到处猖狂。

信远斋也卖酸梅卤、酸梅糕。卤冲水可以制酸梅汤，但是无论如何不能像站在那木桶旁边细啜那样有味。我自己在家也曾试做，在药铺买了乌梅，在干果铺买了大块冰糖，不惜工本，仍难如愿。信远斋掌柜姓萧，一团和气，我曾问他何以仿制不成，他回答得很妙："请您过来喝，别自己费事了。"

信远斋也卖蜜饯、冰粮子儿、糖葫芦。以糖葫芦为最出色。北平糖葫芦分三种。一种用麦芽糖，北平话是糖稀，可以做大串山里红的糖葫芦，可以长达五尺多，这种大糖葫芦，新年厂甸卖的最多。

麦芽糖裹水杏儿（没长大的绿杏），很好吃，做糖葫芦就不见佳，尤其是山里红常是烂的或是带虫子屎。另一种用白糖和了粘上去，冷了之后白汪汪的一层霜，另有风味。

正宗是冰糖葫芦，薄薄一层糖，透明雪亮。材料种类甚多，诸如海棠、山药、山药豆、杏干、葡萄、橘子、荸荠、核桃，但是以山里红为正宗。山里红，即山楂，北地盛产，味酸，裹糖则极可口。

一般的糖葫芦皆用半尺来长的竹签，街头小贩所售，多染尘沙，而且品质粗劣。东安市场所售较为高级。但仍以信远斋所制为最精，不用竹签，每一颗山里红或海棠均单个独立，所用之果皆硕大无疵，而且干净，放在垫了油纸的纸盒中由客携去。

离开北平就没吃过糖葫芦，实在想念。近有客自北平来，说起糖葫芦，据称在北平这种不属于任何一个阶级的食物几已绝迹。他说我们在台湾自己家里也未尝不可试做，台湾虽无山里红，其他水果种类不少，蘸了冰糖汁，放在一块涂了油的玻璃板上，送入冰箱冷冻，岂不即可等着大嚼？他说他制成之后将邀我共尝，但是迄今尚无下文，不知结果如何。

宴之趣

虽然是冬天，天气却并不怎么冷，雨点淅淅沥沥地滴个不已，灰色云是弥漫着；火炉的火是熄下了，在这样的秋天似的天气中，生了火炉未免是过于燠暖了。家里一个人也没有，他们都出外"应酬"去了。独自在这样的房里坐着，读书的兴趣也引不起，偶然地把早晨的日报翻着，翻着，看看它的广告，忽然想起去看《Merry Widow》吧。于是独自地上了电车，到派克路跳下了。

在黑漆的影戏院中，乐队悠扬地奏着乐，白幕上的黑影，坐着，立着，追着，哭着，笑着，愁着，怒着，恋着，失望着，决斗着，那还不是那一套，他们写了又写，演了又演的那一套故事。

但至少，我是把一句话记住在心上了：

"有多少次，我是饿着肚子从晚餐席上跑开了。"

这是一句隽妙无比的名句；借来形容我们宴会无虚日的交际社会，真是很确切的。

每一个商人，每一个官僚，每一个略略交际广了些的人，差不多他们的每一个黄昏，都是消磨在酒楼菜馆之中的。有的时候，一个黄昏要赶着去赴三四处的宴会。这些忙碌的交际者真是妓女一样，在这里坐一坐，就走开了，又赶到另一个地方去了，在那一个地方又只略坐一坐，又赶到再一个地方去了。他们的肚子定是不会饱的，我想。有几个这样的交际者，当酒阑灯灺，应酬完毕之后，定是回到家中，叫底下人烧了稀饭来堆补空肠的。

我们在广漠繁华的上海，简直是一个村气十足的"乡下人"；我们住的是乡下，到"上海"去一趟是不容易的，我们过的是乡间的生活，一月中难得有几个黄昏是在"应酬"场中度过的。有许多人也许要说我们是"孤介"，那是很清高的一个名词。但我们实在不是如此，我们不过是不惯征逐于酒肉之场，始终保持着不大见世面的"乡下人"的色彩而已。

偶然的有几次，承一二个朋友的好意，邀请我们去赴宴。在座的至多只有三四个熟人，那一半生客，还要主人介绍或自己去请教尊姓大名，或交换名片，把应有的初见面的应酬的话讷讷地说完了之后，便默默地相对无言了。说的话都不是有着落，都不是从心里发出的；泛泛的，是几个声音，由喉咙头溜到口外的而已。过后自己想起那样的敷衍的对话，未免要为之失笑。如此的，说是一个黄昏在繁灯絮语之宴席上度过了，然而那是如何没有生趣的一个黄昏呀！

有几次，席上的生客太多了，除了主人之外没有一个是认识的；请教了姓名之后，也随即忘记了。除了和主人说几句话之外，简直无从和他们谈起。不晓得他们是什么行业，不晓得他们是什么性质的人，有话在口头也不敢随意地高谈起来。那一席宴，真是如坐针毡；精美的羹菜，一碗碗地捧上来，也不知是什么味儿。终于忍不住了，只好向主人撒一个谎，说身体不大好过，或是说还有应酬，一定要去的。——如果在谣言很多的这几天当然是更好托词了，说我怕戒严提早，要被留在华界之外——虽然这是无礼貌的，不大应该的，虽然主人是照例地殷勤地留着，然而我却不顾一切地不得不走了。这个黄昏实在是太难挨得过去了！回到家里以后，买了一碗稀饭，即使只有一小盏萝卜干下稀饭，反而觉得舒畅，有意味。

如果有什么友人做喜事，或寿事，在某某花园，某某旅社的大厅里，大张旗鼓地宴客，不幸我们是被邀请了，更不幸我们是太熟的友人，不能不到，也不能道完了喜或拜完了寿，立刻就托词溜走的，于是这又是一个可怕的黄昏。常常地张大了两眼，在寻找熟人。好容易找到了，一定要紧紧地和他们挤在一起，不敢失散。到了坐席时，便至少有两三人在一块儿可以谈谈了，不至于一个人独自地局促在一群生面孔的人当中，惶恐而且空虚。当我们两三个人在津津地谈着自己的事时，偶然抬起眼来看着对面的一个坐客，他是凄然无侣地坐着；大家酒杯举了，他也举着；菜来了，一个人说："请，请。"同时把牙箸伸到盘边，他也说："请，请。"也同样的把牙箸伸出。除了吃菜之外，他没有目的，菜完了，他便局促地独坐着。我们见了他，总要代他难过，然而他终于能够终了席方才起身离座。

宴会之趣味如果仅是这样的，那么，我们将诅咒那第一个发明请客的人；喝酒的趣味如果仅是这样的，那么，我们也将打倒杜康与狄奥尼修士了。

然而又有的宴会却幸而并不是这样的；我们也还有别的可以引起

133

喝酒的趣味的环境。

独酌，据说，那是很有意思的。我少时，常见祖父一个人执了一把锡的酒壶，把黄色的酒倒在白瓷小杯里，举了杯独酌着；喝了一小口，真正一小口，便放下了，又拿起筷子来夹菜。因此，他食得很慢，大家的饭碗和筷子都已放下了，且已离座了，而他却还在举着酒杯，不匆不忙地喝着。他的吃饭，尚在再一个半点钟之后呢。而他喝着酒，颜微酡着，常常叫道："孩子，来。"而我们便到了他的跟前。他夹了一块只有他独享着的菜蔬放在我们口中，问道："好吃吗？"我们往往以点点头答之。在孙男与孙女中，他特别的喜欢我，叫我前去的时候尤多。常常的，他把有了短髭的嘴吻着我的面颊，微微有些刺痛，而他的酒气从他的口鼻中直喷出来。这是使我很难受的。

这样的，他消磨过了一个中午和一个黄昏。天天都是如此。我没有享受过这样的乐趣，然而回想起来，似乎他那时是非常的高兴，他是陶醉着，为快乐的雾所围着，似乎他的沉重的忧郁都从心上移开了，这里便是他的全个世界，而全个世界也便是他的。

别一个宴之趣，是我们近几年所常常领略到的，那就是集合了好几个无所不谈的朋友，全座没有一个生面孔，在随意地喝着酒，吃着菜，上天下地地谈着。有时说着很轻妙的话，说着很可发笑的话，有时是如火如剑的激动的话，有时是深切的论学谈艺的话，有时是随意地取笑着，有时是面红耳热地争辩着，有时是高妙的理想在我们的谈锋上触着，有时是恋爱的遇合与家庭的与个人的身世使我们谈个不休。每个人都把他的心胸赤裸裸地袒开了，每个人都把他的向来不肯给人看的面孔显露出来了；每个人都谈着，谈着，谈着，只有更兴奋地谈着，毫不觉得"疲倦"是怎么一个样子。酒是喝得干了，菜是已经没有了，而他们却还是谈着，谈着，谈着。那个地方，即使是很喧闹的，很湫狭的，向来所不愿意多坐的，而这时大家却都忘记了这些事，只是谈着，谈着，谈着，没有一个人愿意先说起告别的话。要不是为了戒严或家庭的命令，竟不会有人想走开的。虽然这些闲谈都是琐屑之至的，都是无意味的，而我们却已在其间得到宴之趣了——其实在这些闲谈中，我们是时时可发现许多珠宝的；大家都互相地受着影响，大家都更进一步了解他的同伴，大家都可以从那里得到些教益与利益。

"再喝一杯，只要一杯，一杯。"

"不，不能喝了，实在的。"

不会喝酒的人每每这样的被强迫着喝了过量的酒。面部红红的，映在灯光之下，是向来所未有的壮美的丰采。

"圣陶，干一杯，干一杯。"我往往地举起杯来对着他说，我是很喜欢一口一杯地喝酒的。

"慢慢地，不要这样快，喝酒的趣味，在于一小口一小口地喝，不在于'杯干'。"圣陶反抗似的说，然而终于他是一口干了。一杯又是一杯。

连不会喝酒的愈之、雁冰，有时，竟也被我们强迫地干了一杯。于是大家哄然地大笑，是发出于心之绝底的笑。

再有，佳年好节，合家团团地坐在一桌上，放了十几双的红漆筷子，连不在家中的人也都放着一双筷子，都排着一个座位。小孩子笑孜孜地闹着吵着，母亲和祖母温和地笑着，妻子忙碌着，指挥着厨房中厅堂中仆人们的做菜，端菜，那也是特有一种融融泄泄的乐趣，为孤独者所妒羡不置的，虽然并没有和同伴们同在时那样的宴之趣。

还有，一对恋人独自在酒店的密室中晚餐；还有，从戏院中偕了妻子出来，同登酒楼喝一二杯酒；还有，伴着祖母或母亲在熊熊的炉火旁边，放了几盏小菜，闲吃着宵夜的酒，那都是使身临其境的人心醉神怡的。

宴之趣是如此的不同呀！

第四辑 —— 四季更换，留不住的时间

那时候我每逢早春时节，正月二月之交，看见杨柳枝的线条上挂了细珠，带了隐隐的青色而"遥看近却无"的时候，我心中便充满了一种狂喜，这狂喜又立刻变成焦虑，似乎常常在说："春来了！不要放过！赶快设法招待它，享乐它，永远留住它。"

春

朱自清

盼望着，盼望着，东风来了，春天的脚步近了。

一切都像刚睡醒的样子，欣欣然张开了眼。山朗润起来了，水涨起来了，太阳的脸红起来了。

小草偷偷地从土里钻出来，嫩嫩的，绿绿的。园子里，田野里，瞧去，一大片一大片满是的。坐着，躺着，打两个滚，踢几脚球，赛几趟跑，捉几回迷藏。风轻悄悄的，草软绵绵的。

桃树、杏树、梨树，你不让我，我不让你，都开满了花赶趟儿。红的像火，粉的像霞，白的像雪。花里带着甜味儿；闭了眼，树上仿佛已经满是桃儿、杏儿、梨儿。花下成千成百的蜜蜂嗡嗡地闹着，大小的蝴蝶飞来飞去。野花遍地是：杂样儿，有名字的，没名字的，散在草丛里，像眼睛，像星星，还眨呀眨的。

"吹面不寒杨柳风"，不错的，像母亲的手抚摸着你。风里带来些新翻的泥土的气息，混着青草味儿，还有各种花的香，都在微微润湿的空气里酝酿。鸟儿将窠巢安在繁花嫩叶当中，高兴起来了，呼朋引伴地卖弄清脆的喉咙，唱出宛转的曲子，与轻风流水应和着。牛背上牧童的短笛，这时候也成天在嘹亮地响。

雨是最寻常的，一下就是三两天。可别恼。看，像牛毛，像花针，像细丝，密密地斜织着，人家屋顶上全笼着一层薄烟。树叶子却绿得发亮，小草也青得逼你的眼。傍晚时候，上灯了，一点点黄晕的光，烘托出一片安静而和平的夜。乡下去，小路上，石桥边，有撑起伞慢慢走着的人；还有地里工作的农夫，披着蓑，戴着笠的。他们的草屋，稀稀疏疏的，在雨里静默着。

天上风筝渐渐多了，地上孩子也多了。城里乡下，家家户户，老老小小，他们也赶趟儿似的，一个个都出来了。舒活舒活筋骨，抖擞抖擞精神，各做各的一份事去。"一年之计在于春"，刚起头儿，有的是工夫，有的是希望。

春天像刚落地的娃娃，从头到脚都是新的，他生长着。

春天像小姑娘，花枝招展的，笑着，走着。

春天像健壮的青年，有铁一般的胳膊和腰脚，他领着我们上前去。

春风满洛城

去年三月二十六日午夜，我从西安到了洛阳。这个城市也是很古老的，又是很年轻的。工厂林立在桃红柳绿的春天的田野里。还有更多的工厂在动土，在建筑。但古老的埋藏在地下的都市也都陆续地被翻掘出来。从周代的王城，汉代的东都，直到诗人白居易、历史学家司马光他们的遗迹，全都值得我们的向往和注意。这个古城的东郊，是白马寺的所在地，那是相传为汉明帝时代，白马驮经，从印度把佛教经典初次输入中国时建立起来的第一个佛教寺院。今天，山门的两座穹形门洞，其上嵌着不少块汉代的石刻（是取当地出土的汉代石刻而加以利用的，据说明朝人所为），其四周墙角，也多半使用汉砖、汉石砌成。可以说是世界上十分阔绰的一个寺院了。寺内古松苍翠，至少已有三五百年的寿命。大殿里的几尊古佛、菩萨的塑像，古雅美丽，当是元代或明初之物，甚至可能是辽、金的遗制。再往东走，乃是李密城，即金村遗址所在地，在那里曾出土了七十多块古空心墓砖，五十年前曾经震撼了一世耳目。那扑扑地向天惊飞的鸿雁，那且嗅且搜索地、威猛而稳慎地前进捕捉什么的猎狗，那执杖前行的老人，那手执竹简而趋的学者，那相遇而揖的两个行人，都将二千多年前的艺术家的现实主义的表现力，活泼泼地重现于我们的眼前。这全部墓砖，现在陈列于加拿大的博物院里。但我们是永远地不会忘记它们的。还有好些绝精绝美的战国时代的金银镶嵌（即金银错）的铜器，特别是那面人兽相搏的古铜镜，成为世界上任何博物院的骄傲。可惜，包括那面古镜在内，绝大多数都不在国内。

除了帝国主义者们长久地在洛阳掠夺出土古物之外，一九四九年后的几年之内，才开始做着科学的考古发掘工作。这是一个"无牛眠之地"的几千年的古墓葬、古遗址的累积地。单是一九五三年到一九五五年，就发现了六千多座墓葬，其中有一千七百三十八座已经加以发掘。古遗址也已发现了两处。所得的古文物，从仰韶时期的彩陶，龙山时期的黑陶，到汉代的大量遗物，成为临时博物馆，周公庙里的辉煌的陈列品，吸引了许多游人的注意与赞叹。

我走在大道上，春风吹拂着，太阳晒得很暖和，就看见工人们在使用"洛阳铲"钻探古墓。就在那大道上，发现了一个汉代的砖墓和一个较小的土墓，我都跳下去考察一番。在农民们打井挖渠的时候，也出现了不少石墓。在新开辟的金矿公路上，有一个大汉墓，中有壁画，还保存得不坏。我也去看过。在新鲜的春天的气息里，嗅得到古代的泥土的香味。但随地有古墓的事实却引起了从事建设工作的担心。有一个干部宿舍，把两个床陷落到地下的古墓中去了，幸未伤人。新建的水塔，倾斜得很厉害。压路机掉落到七米多深的大墓里去。有此种种经验教训，建设部门才知道非清理好地下的古墓葬，便不能在地上进行建设，因之，也便加强了和考古部门、文化部门的合作，因此，便处处出现了"洛阳铲"的钻探队。这是完全必要的。不清理好地下的，便不能建设好地上的。这道理已经是建设部门所"家喻户晓"的了。但有不相信这道理，一意孤行，鲁莽从事的，没有不出乱子。最深刻的教训，就是那些地方工业系统的"打包厂""砖瓦厂""纺纱厂"等等。

在周公庙看到的好东西多极了，也精彩极了，往往是前所未见的。像一面出土于唐墓的嵌螺钿的平托镜，那镜背上的图画，精丽工致的程度，令人心动魄荡。可以说是一幅《夜宴图》。月在天空，树上有凤凰，有鹦鹉，树下有池，池上有一对鸳鸯，相逐而行。还有两位老者，席地而坐，一弹阮咸，一持杯欲饮，一双丫鬟侍立于后。这面古镜远比日本正仓院所藏的同类的唐代物为精美。

二十八日，到龙门去。这是值得在那里停留十月、八月，或一年、两年的时光，应该写出几本乃至几十本的专书来的一个伟大的古代艺术宝库。这里只能简单地说一下。龙门的佛像多被帝国主义者们盗去。但存在于各洞里的大小佛像，仍有二万尊以上。西山区以潜溪洞、新洞、宾阳三洞、双窑南北洞、万佛洞、老龙洞、莲花洞、破窟、奉先寺、药方洞及古阳洞为最著。宾阳洞被剜斫下去，盗运出国的两方著名的浮雕，即北魏时代的皇帝礼佛图和皇后礼佛图，斧凿的遗痕犹在，令人见之，悲愤不已！那些保存下来的石雕刻，表现了从北魏到唐代的各时期的雕刻家们最精心雕斫出来的伟大的精美的艺术品，成为中国美术史上最辉煌的若干篇页。我站在若干大佛像、小佛像的前面，细细地欣赏着，只感到时间太短促了。有人在搭木架，以石膏传摹若干代表作下来。但愿有一个时候，在北京和其他地方也能看到这些最好的中国雕刻的石膏复制的代表作品。

经过一座横跨于伊水上的草桥（这草桥到了水大时就被冲断，东西山的交通也就中断了），到了东山区。以擂鼓台、四方千佛洞为最著。十多尊的罗汉像，神情活泼极了，在国内许多泥塑木雕的罗汉像里，这里所有的，是最古老的，也是最庄严美妙的。东山区的石洞，中多空无所有，破坏最甚。有几个石灰窑，在万佛沟里烧石灰。幸及早予以制止，免于全毁。

东山的高处是香山寺，现已改为某干部疗养院。徒然破坏了这个重要的名胜古迹，而绝对解决不了疗养院的房屋问题。且山高招风，交通时断，实也不适宜于做疗养地。在山上走了一段路，到了诗人白居易的墓地。墓顶还有纸钱在飘扬。清明才过，白氏子孙住在山下者，刚来上过坟（听说他们年年都上山上坟）。黄澄澄的将落的夕阳，照在黄澄澄的墓土上，站在那里，不禁涌起了一缕凄楚的情思。

二十九日，去访问东汉时代的太学遗址。这座太学，在其最盛时代，曾经有六万多学生在那里上学。到今天为止，恐怕世界上还没有比它规模更宏伟的一座大学。但这遗址，知道的人却不多。我们渡洛河，过枣园，沿途打听，将近二小时，才到达朱圪塔村。一路上时见地面有烟雾似的尘气上升，飞扫而过。有人说，这就是庄子所谓"野马也，尘埃也"的"野马"。一位李姓老者引导我们到遗址去。显著地可看出是一大片较高的地面。许多农民正在辛勤地打井，我问他们："有发现石经的碎片吗？"他们说："近半年来已不大出了。"他们人人都知道"石经"，发现有一二个字的碎块就可以卖钱。过去男男女女，老老少少，在农闲的时候就去挖地寻"经"。民国十八年（一九二九年）时，在黄氏墓地上出土过晋咸宁四年（公元二七八年）的"皇帝重临辟雍碑"。李老者领我们到这坟地上去看。他说，还有石经的碑座散在各村呢。我们在朱圪塔村见到一座，在大郊村见到三座。这些碑座底宽二尺三寸四，长三尺六寸，厚一尺九分。有中缝，深三寸，宽五寸又二分之一。此当是汉三体石经的碑座，应予以保护保管。"辟雍碑"也在大郊村，侧卧于地。我找了村长来，要好好地保护这座碑，并建筑一座草屋于碑上。

下午，到倒塌掉的砖瓦厂去查勘。在这个砖瓦厂的范围里，周、汉、宋墓密布，一受大批的砖瓦的巨大重量的压力，即纷纷下陷，以至停工不用。大洞深陷的大周墓和弄塌的窑穴，互相交错着。见之触目惊心。这是"古"与"今"同受其祸的盲目地动土的活生生的大榜样。

入邙山，登其峰，见处处白纸乱飞，皆是清明时节，子孙们来上坟的余迹。坟上套坟，不知有几许历代的名人杰士，美女才子，埋身于此。有大冢隆起于远处，有如一个大平台，乃是一座汉帝的陵墓。邙山西起潼关，东到郑州，南北阔达四十里，直到黄河边上。山上均是大大小小的古今墓葬。北邙山在洛阳之北，乃是百年来有名的出土陶俑和其他古器物的所在地。大部分精美的古代艺术品都已出国。发掘之惨，旷古未闻。一九四九年后，此风才泯绝。

洛阳市的建设规划，即如何在这个古老的城市里进行新的大规模的建设，不破坏或少破坏古墓葬和古代遗址，并如何好好地保护它们，使在崭新的林立的工厂当中，保存着特出的非保存不可的古墓葬和古代遗址的问题，正在研究讨论中。正与西安市相同，"新"和"老"，"古"和"今"，在洛阳市也一定会结合得十分好的。

龙门石窟，必须坚决地大力地加以保护。有三个大问题，必须尽快地予以解决。一、龙门煤厂，在西山区石窟附近开采，必须立即制止。绝对地要防护龙门石窟的安全和完整。这事，市委会已经注意到，并筹划到了。二、龙门石窟的洞前大车路，要予以改道。否则，各洞里常会有人在内住憩，很难防止其破坏或污损。这条改道的大车路，也已在计划中。又，河水常常要漫涨到这条大车路和下层的石洞里去，为害甚大。应该趁此修路的时机，于河边加筑石坝。三、各洞窟之间，应该开凿道路互相通联。山上并要建筑石墙，以堵住山洪、雨水的流下；奉先寺尤须急速修整，以防大佛像的继续风裂。这些，都需要有关部门共同加紧进行的。东、西山区仅靠草桥交通，也是很不方便的。已毁了的桥梁，应该早日修复。

夏天

汪曾祺

　　夏天的早晨真舒服。空气很凉爽，草尖还挂着露水（蜘蛛网上也挂着露水）。写大字一张，读古文一篇。夏天的早晨真舒服。

　　凡花大都是五瓣，栀子花却是六瓣。山歌云："栀子花开六瓣头。"栀子花粗粗大大，色白，近蒂处微绿，极香，香气简直有点叫人受不了，我的家乡人说是"碰鼻子香"。栀子花粗粗大大，又香得掸都掸不开，于是为文雅人不取，以为品格不高。栀子花说："我就是要这样香，香得痛痛快快，你们管得着吗！"

　　人们往往把栀子花和白兰花相比。苏州姑娘串街卖花，娇声叫卖："栀子花！白兰花！"白兰花花朵半开，娇娇嫩嫩，如象牙白玉，香气文静，但有点甜俗，为上海长三堂子的"倌人"所喜，因为听说白兰花要到夜间枕上才格外地香。我觉得红"倌人"的枕上之花，不如船娘鬓边花更为刺激。

　　夏天的花里最为幽静的是珠兰。

　　牵牛花短命。早晨沾露才开，午时即已萎谢。

　　秋葵也命薄。瓣淡黄，白心，心外有紫晕。风吹薄瓣，楚楚可怜。

凤仙花有单瓣者，有重瓣者。重瓣者如小牡丹，凤仙花茎粗肥，湖南人用以腌"臭咸菜"，此吾乡所未有。

马齿苋、狗尾巴草、益母草，都长得非常旺盛。

淡竹叶开浅蓝色小花，如小蝴蝶，很好看。叶片微似竹叶而较柔软。

"万把钩"即苍耳。因为结的小果上有许多小钩，碰到它就会挂在衣服上，得小心摘去。所以孩子叫它"万把钩"。

我们那里有一种"巴根草"，贴地而长，见缝扎根，一棵草蔓延开来，长了很多根，横的，竖的，一大片。而且非常顽强，拉扯不断。很小的孩子就会唱：

> 巴根草，
>
> 绿茵茵，
>
> 唱个唱，
>
> 把狗听。

最讨厌的是"臭芝麻"。掏蟋蟀、捉金铃子，常常沾了一裤腿。其臭无比，很难除净。

西瓜以绳络悬之井中，下午剖食，一刀下去，咔嚓有声，凉气四溢，连眼睛都是凉的。

天下皆重"黑籽红瓤"，吾乡独以"三白"为贵：白皮、白瓤、白籽。"三白"以东墩产者最佳。

香瓜有：牛角酥，状似牛角，瓜皮淡绿色，刨去皮，则瓜肉浓绿，籽赤红，味浓而肉脆，北京亦有，谓之"羊角蜜"；蛤蟆酥，不甚甜而脆，嚼之有黄瓜香；梨瓜，大如拳，白皮，白瓤，生脆有梨香；有一种较大，皮色如蛤蟆，不甚甜，而极"面"，孩子们称之为"奶奶哼"，说奶奶一边吃，一边"哼"。

蝈蝈，我的家乡叫作"叫蚰子"。叫蚰子有两种。一种叫"侉叫蚰子"。那真是"侉"，跟一个叫驴子似的，叫起来"咭咭咭咭"很吵人。喂它一点辣椒，更吵得厉害。一种叫"秋叫蚰子"，全身碧绿如玻璃翠，小巧玲珑，鸣声亦柔细。

别出声，金铃子在小玻璃盒子里爬哪！它停下来，吃两口食——鸭梨切成小骰子块。于是它叫了"丁零零零"……

乘凉。

搬一张大竹床放在天井里，横七竖八一躺，浑身爽利，暑气全消。看月华。月华五色晶莹，变幻不定，非常好看。月亮周围有一个模模糊糊的大圆圈，谓之"风圈"，近几天会刮风。"乌猪子过江了"——黑云漫过天河，要下大雨。

一直到露水下来，竹床子的栏杆都湿了，才回去，这时已经很困了，才沾藤枕（我们那里夏天都枕藤枕或漆枕），已入梦乡。

鸡头米老了，新核桃下来了，夏天就快过去了。

扬州的夏日

朱自清

　　扬州从隋炀帝以来，是诗人文士所称道的地方；称道得多了，称道得久了，一般人便也随声附和起来。直到现在，你若向人提起扬州这个名字，他会点头或摇头说：好地方！好地方！特别是没去过扬州而念过些唐诗的人，在他心里，扬州真像蜃楼海市一般美丽；他若念过《扬州画舫录》一类书，那更了不得了。但在一个久住扬州像我的人，他却没有那么多美丽的幻想，他的憎恶也许掩住了他的爱好；他也许离开了三四年并不去想它。若是想呢，——你说他想什么？女人；不错，这似乎也有名，但怕不是现在的女人吧？——他也只会想着扬州的夏日，虽然与女人仍然不无关系的。

　　北方和南方一个大不同，在我看，就是北方无水而南方有。诚然，北方今年大雨，永定河，大清河甚至决了堤防，但这并不能算是有水；北平的三海和颐和园虽然有点儿水，但太平衍了，一览而尽，船又那么笨头笨脑的。有水的仍然是南方。扬州的夏日，好处大半便在水上——有人称为瘦西湖，这个名字真是太瘦了，假西湖之名以行，雅得这样俗，老实说，我是不喜欢的。下船的地方便是护城河，蔓延开去，曲曲折折，直到平山堂，——这是你们熟悉的名字——有七八里河道，还有许多杈杈丫丫的支流。这条河其实也没有顶大的好处，只是曲折而有些幽静，和别处不同。

　　沿河最著名的风景是小金山、法海寺、五亭桥；最远的便是平山堂了。金山你们是知道的，小金山却在水中央。在那里望水最好，看月自然也不错——可是我还不曾有过那样福气。下河的人十之九是到这儿的，人不免太多些。法海寺有一个塔，和北海的一样，据说是乾隆皇帝下江南，盐商们连夜督促匠人造成的。法海寺著名的自然是这个塔；但还有一桩，你们猜不着，是红烧猪头。夏天吃红烧猪头，在理论上也许不甚相宜；可是在实际上，挥汗吃着，倒也不坏的。五亭桥如名字所示，是五个亭子的桥。桥是拱形，中一亭最高，两边四亭，参差相称；最宜远看，或看影子，也好。桥洞颇多，乘小船穿来穿去，另有风味。平山堂在蜀冈上。登堂可见江南诸山淡淡的轮廓；"山色有无中"一句话，我看是恰到好处，并不算错。这里游人较少，闲坐在堂上，可以永日。沿路光景，也以闲寂胜。从天宁门或北门下船。蜿蜒的城墙，在水里倒映着苍黝的影子，小船悠然地撑过去，岸上的喧扰像没有似的。

　　船有三种：大船专供宴游之用，可以挟妓或打牌。小时候常跟了父亲去，在船里听着谋得利洋行的唱片。现在这样乘船的大概少了吧？其次是小划子，真像一瓣西瓜，由一个男人或女人用竹篙撑着。乘的人多了，便可雇两只，前后用小凳子跨着：这也可算得方舟了。后来又有一种洋划，比大船小，比小划子大，上支布篷，可以遮日遮雨。洋划渐渐地多，大船渐渐地少，然而小划子总是有人要的。这不独因为价钱最贱，也因为它的伶俐。一个人坐在船中，让一个人站在船尾上用竹篙一下一下地撑着，简直是一首唐诗，或一幅山水画。而有些好事的少年，愿意自己撑船，也非小划子不行。小划子虽然便宜，却也有些分别。譬如说，你们也可想到的，女人撑船总要贵些；姑娘撑的自然更要贵啰。这些撑船的女子，便是有人说过的瘦西湖上的船娘。船娘们的故事大概不少，但我不很知道。据说以乱头粗服，风趣天然为胜；中年而有风趣，也仍然算好。可是起初原是逢场作戏，或尚不伤廉惠；以后居然有了价格，便觉意味索然了。

北门外一带，叫作下街，茶馆最多，往往一面临河。船行过时，茶客与乘客可以随便招呼说话。船上人若高兴时，也可以向茶馆中要一壶茶，或一两种小笼点心，在河中喝着，吃着，谈着。回来时再将茶壶和所谓小笼，连价款一并交给茶馆中人。撑船的都与茶馆相熟，他们不怕你白吃。扬州的小笼点心实在不错：我离开扬州，也走过七八处大大小小的地方，还没有吃过那样好的点心；这其实是值得惦记的。茶馆的地方大致总好，名字也颇有好的。如香影廊，绿杨村，红叶山庄，都是到现在还记得的。绿杨村的幌子，挂在绿杨树上，随风飘展，使人想起"绿杨城郭是扬州"的名句。里面还有小池，丛竹，茅亭，景物最幽。这一带的茶馆布置都历落有致，迥非上海，北平方方正正的茶楼可比。

下河总是下午。傍晚回来，在暮霭朦胧中上了岸，将大褂折好搭在腕上，一手微微摇着扇子；这样进了北门或天宁门走回家中。这时候可以念"又得浮生半日闲"那一句诗了。

秋

丰子恺

　　我的年岁上冠用了"三十"二字，至今已两年了。不解达观的我，从这两个字上受到了不少的暗示与影响。虽然明明觉得自己的体格与精力比二十九岁时全然没有什么差异，但"三十"这一个观念笼在头上，犹之张了一顶阳伞，使我的全身蒙了一个暗淡色的阴影，又仿佛在日历上撕过了立秋的一页以后，虽然太阳的炎威依然没有减却，寒暑表上的热度依然没降低，然而只当得余威与残暑，或霜降木落的先驱，大地的节候已从今移交于秋了。

　　实际，我两年来的心情与秋最容易调和而融合。这情形与从前不同。在往年，我只慕春天。我最欢喜杨柳与燕子。尤其欢喜初染鹅黄的嫩柳。我曾经名自己的寓居为"小杨柳屋"，曾经画了许多杨柳燕子的画，又曾经摘取秀长的柳叶，在厚纸上裱成各种风调的眉，想象这等眉的所有者的颜貌，而在其下面添描出眼鼻与口。那时候我每逢早春时节，正月二月之交，看见杨柳枝的线条上挂了细珠，带了隐隐的青色而"遥看近却无"的时候，我心中便充满了一种狂喜，这狂喜又立刻变成焦虑，似乎常常在说："春来了！不要放过！赶快设法招待它，享乐它，永远留住它。"我读了"良辰美景奈何天"等句，曾经真心地感动。以为古人都太息一春的虚度。前车可鉴！到我手里决不放它空过了。最是逢到了古人惋惜最深的寒食清明，我心中的焦灼便更甚。那一天我总想有一种足以充分酬偿这佳节的举行。我准拟作诗，作画，或痛饮，漫游。虽然大多不被实行；或实行而全无效果，反而中了酒，闹了事，换得了不快的回忆；但我总不灰心，总觉得春的可恋。我心中似乎只有知道春，别的三季在我都当作春的预备，或待春的休息时间，全然不曾注意到它们的存在与意义。而对于秋，尤无感觉：因为夏连续在春的后面，在我可当作春的过剩；冬先行春的前面，在我可当作春的准备；独有与春全无关联的秋，在我心中一向没有它的位置。

自从我的年龄告了立秋以后，两年来的心境完全转了一个方向，也变成秋天了。然而情形与前不同：并不是在秋日感到像昔日的狂喜与焦灼。我只觉得一到秋天，自己的心境便十分调和。非但没有那种狂喜与焦灼，直常常被秋风秋雨秋色秋光所吸引而融化在秋中，暂时失却了自己的所在。而对于春，又并非像昔日对于秋的无感觉。我现在对于春非常厌恶。每当万象回春的时候，看到群花的斗艳，蜂蝶的扰攘，以及草木昆虫等到处争先恐后地滋生繁殖的状态，我觉得天地间的凡庸、贪婪、无耻与愚痴，无过于此了！尤其是在青春的时候，看到柳条上挂了隐隐的绿珠，桃枝上着了点点的红斑，最使我觉得可笑又可怜。我想唤醒一个花蕊来对它说："啊！你也来反复这老调了！我眼看见你的无数的祖先，个个同你一样地出世，个个努力发展，争荣竞秀；不久没有一个不憔悴而化泥尘。你何苦也来反复这老调呢？如今你已长了这孽根，将来看你弄娇弄艳，装笑装颦，招致了蹂躏、摧残、攀折之苦，而步你的祖先们的后尘！"

实际，迎送了三十几次的春来春去的人，对于花事早已看得厌倦，感觉已经麻木，热情已经冷却，决不会再像初见世面的青年少女地为花的幻姿所诱惑而赞之、叹之、怜之、惜之了。

况且天地万物，没有一件逃得出荣枯，盛衰，生灭，有无之理。

过去的历史昭然地证明着这一点，无须我们再说。古来无数的诗人千篇一律地为伤春惜花费词，这种效颦也觉得可厌。假如要我对于世间的生荣死灭费一点词，我觉得生荣不足道，而宁愿欢喜赞叹一切的死灭。对于死者的贪婪，愚昧，与怯弱，后者的态度何等谦逊，悟达，而伟大！我对于春与秋的舍取，也是为了这一点。

夏目漱石三十岁的时候，曾经这样说："人生二十而知有生的利益；二十五而知有明之处必有暗；至于三十的今日，更知明多之处暗亦多，欢浓之时愁亦重。"我现在对于这话也深抱同感；有时又觉得三十的特征不止这一端，其更特殊的是对于死的体感。青年们恋爱不遂的时候惯说生生死死，然而这不过是知有"死"的一回事而已，不是体感。犹之在饮冰挥扇的夏日，不能体感到围炉拥衾的冬夜的滋味。就是我们阅历了三十几度寒暑的人，在前几天的炎阳之下也无论如何感不到浴日的滋味。围炉、拥衾、浴日等事，在夏天的人的心中只是一种空虚的知识，不过晓得将来须有这些事而已，但是不能体感它们的滋味。须得入了秋天，炎阳逞尽了威势而渐渐退却，汗水浸胖了的肌肤渐渐收缩，身穿单衣似乎要打寒噤，而手触法兰绒觉得快适的时候，于是围炉、拥衾、浴日等知识方能渐渐融入体验界中而化为体感。我的年龄告了立秋以后，心境中所起的最特殊的状态便是这对于"死"的体感。以前我的思虑真疏浅！以为春可以常在人间，人可以永在青年，竟完全没有想到死。又以为人生的意义在于生，我的一生最有意义，似乎我是不会死的。直到现在，仗了秋的慈光的鉴照，死的灵气钟育，才知道生的甘苦悲欢，是天地间反复过亿万次的老调，又何足珍惜？我但求此生的平安的度送与脱出而已。犹之罹了疯狂的人，病中的颠倒迷离何足计较？但求其去病而已。

我正要搁笔，忽然西窗外黑云弥漫，天际闪出一道电光，发出隐隐的雷声，骤然洒下一阵夹着冰雹的秋雨。啊！原来立秋过得不多天，秋心稚嫩而未曾老练，不免还有这种不调和的现象，可怕哉！

故都的秋

郁达夫

秋天，无论在什么地方的秋天，总是好的；可是啊，北国的秋，却特别地来得清，来得静，来得悲凉。我的不远千里，要从杭州赶上青岛，更要从青岛赶上北平来的理由，也不过想饱尝一尝这"秋"，这故都的秋味。

江南，秋当然也是有的，但草木凋得慢，空气来得润，天的颜色显得淡，并且又时常多雨而少风；一个人夹在苏州上海杭州，或厦门香港广州的市民中间，混混沌沌地过去，只能感到一点点清凉，秋的味，秋的色，秋的意境与姿态，总看不饱，尝不透，赏玩不到十足。秋并不是名花，也并不是美酒，那一种半开、半醉的状态，在领略秋的过程上，是不合适的。

不逢北国之秋，已将近十余年了。在南方每年到了秋天，总要想起陶然亭的芦花，钓鱼台的柳影，西山的虫唱，玉泉的夜月，潭柘寺的钟声。在北平即使不出门去罢，就是在皇城人海之中，租人家一椽破屋来住着，早晨起来，泡一碗浓茶，向院子一坐，你也能看得到很高很高的碧绿的天色，听得到青天下驯鸽的飞声。从槐树叶底，朝东细数着一丝一丝漏下来的日光，或在破壁腰中，静对着像喇叭似的牵牛花（朝荣）的蓝朵，自然而然地也能够感觉到十分的秋意。说到了牵牛花，我以为以蓝色或白色者为佳，紫黑色次之，淡红色最下。最好，还要在牵牛花底，教长着几根疏疏落落的尖细且长的秋草，使作陪衬。

北国的槐树，也是一种能使人联想起秋来的点缀。像花而又不是花的那一种落蕊，早晨起来，会铺得满地。脚踏上去，声音也没有，气味也没有，只能感出一点点极微细极柔软的触觉。扫街的在树影下一阵扫后，灰土上留下来的一条条扫帚的丝纹，看起来既觉得细腻，又觉得清闲，潜意识下并且还觉得有点儿落寞，古人所说的梧桐一叶而天下知秋的遥想，大约也就在这些深沉的地方。

秋蝉的衰弱的残声，更是北国的特产，因为北平处处全长着树，屋子又低，所以无论在什么地方，都听得见它们的啼唱。在南方是非要上郊外或山上去才听得到的。这秋蝉的嘶叫，在北方可和蟋蟀耗子一样，简直像是家家户户都养在家里的家虫。

还有秋雨哩，北方的秋雨，也似乎比南方的下得奇，下得有味，下得更像样。

在灰沉沉的天底下，忽而来一阵凉风，便息列索落地下起雨来了。一层雨过，云渐渐地卷向了西去，天又晴了，太阳又露出脸来了，看着很厚的青布单衣或夹袄的都市闲人，咬着烟管，在雨后的斜桥影里，上桥头树底下去一立，遇见熟人，便会用了缓慢悠闲的声调，微叹着互答着地说：

"唉，天可真凉了——"（这"了"字念得很高，拖得很长。）

157

"可不是吗？一层秋雨一层凉了！"

北方人念阵字，总老像是层字，平平仄仄起来，这念错的歧韵，倒来得正好。

北方的果树，到秋天，也是一种奇景。第一是枣子树，屋角，墙头，茅房边上，灶房门口，它都会一株株地长大起来。像橄榄又像鸽蛋似的这枣子颗儿，在小椭圆形的细叶中间，显出淡绿微黄的颜色的时候，正是秋的全盛时期，等枣树叶落，枣子红完，西北风就要起来了，北方便是沙尘灰土的世界，只有这枣子、柿子、葡萄，成熟到八九分的七八月之交，是北国的清秋的佳日，是一年之中最好也没有的Golden Days。

有些批评家说，中国的文人学士，尤其是诗人，都带着很浓厚的颓废的色彩，所以中国的诗文里，赞颂秋的文字的特别的多。但外国的诗人，又何尝不然？我虽则外国诗文念的不多，也不想开出账来，做一篇秋的诗歌散文钞，但你若去一翻英德法意等诗人的集子，或各国的诗文的Anthology来，总能够看到许多关于秋的歌颂和悲啼。各著名的大诗人的长篇田园诗或四季诗里，也总以关于秋的部分，写得最出色而最有味。足见有感觉的动物，有情趣的人类，对于秋，总是一样地特别能引起深沉、幽远、严厉、萧索的感触来的。不单是诗人，就是被关闭在牢狱里的囚犯，到了秋天，我想也一定能感到一种不能自已的深情，秋之于人，何尝有国别，更何尝有人种阶级的区别呢？不过在中国，文字里有一个"秋士"的成语，读本里又有着很普遍的欧阳子的《秋声》与苏东坡的《赤壁赋》等，就觉得中国的文人，与秋的关系特别深了，可是这秋的深味，尤其是中国的秋的深味，非要在北方，才感受得到底。

南国之秋，当然也是有它的特异的地方的，比如廿四桥的明月，钱塘江的秋潮，普陀山的凉雾，荔枝湾的残荷等等，可是色彩不浓，回味不永。比起北国的秋来，正像是黄酒之于白干，稀饭之于馍馍，鲈鱼之于大蟹，黄犬之于骆驼。

秋天，这北国的秋天，若留得住的话，我愿把寿命的三分之二折去，换得一个三分之一的零头。

冬天

天冷了，堂屋里上了槅子。槅子，是春暖时卸下来的，一直在厢屋里放着。现在，搬出来，刷洗干净了，换了新的粉连纸，雪白的纸。上了槅子，显得严紧，安适，好像生活中多了一层保护。家人闲坐，灯火可亲。

床上拆了帐子，铺了稻草。洗帐子要拣一个晴朗的好天，当天就晒干。夏布的帐子，晾在院子里，夏天离得远了。稻草装在一个布套里，粗布的，和床一般大。铺了稻草，暄腾腾的，暖和，而且有稻草的香味，使人有幸福感。

不过也还是冷的。南方的冬天比北方难受，屋里不生火。晚上脱了棉衣，钻进冰凉的被窝里，早起，穿上冰凉的棉袄棉裤，真冷。

放了寒假，就可以睡懒觉。棉衣在铜炉子上烘过了，起来就不是很困难了。尤其是，棉鞋烘得热热的，穿进去真是舒服。

我们那里生烧煤的铁火炉的人家很少。一般取暖，只是铜炉子，脚炉和手炉。脚炉是黄铜的，有多眼的盖。里面烧的是粗糠。粗糠装满，铲上几铲没有烧透的芦柴火（我们那里烧芦苇，叫作"芦柴"）的红灰盖在上面。粗糠引着了，冒一阵烟，不一会儿，烟尽了，就可以盖上炉盖。粗糠慢慢延烧，可以经很久。老太太们离不开它。闲来无事，抹抹纸牌，每个老太太脚下都有一个脚炉。脚炉里粗糠太实了，空气不够，火力渐微，就要用"拨火板"沿炉边挖两下，把粗糠拨松，火就旺了。脚炉暖人。脚不冷则周身不冷。焦糠的气味也很好闻。仿日本俳句，可以作一首诗："冬天，脚炉焦糠的香。"手炉较脚炉小，大都是白铜的，讲究的是银制的。炉盖不是一个一个圆窟窿，大都是镂空的松竹梅花图案。手炉有极小的，中置炭墼（煤炭研为细末，略加蜜，筑成饼状），以纸煤头引着。一个炭墼能经一天。

冬天吃的菜，有乌青菜、冻豆腐、咸菜汤。乌青菜塌棵，平贴地面，江南谓之"塌苦菜"，此菜味微苦。我的祖母在后园辟小片地，种乌青菜，经霜，菜叶边缘作紫红色，味道苦中泛甜。乌青菜与"蟹油"同煮，滋味难比。"蟹油"是以大螃蟹煮熟剔肉，加猪油"炼"成的，放在大海碗里，凝成蟹冻，久贮不坏，可吃一冬。豆腐冻后，不知道为什么是蜂窝状。化开，切小块，与鲜肉、咸肉、牛肉、海米或咸菜同煮，无不佳。冻豆腐宜放辣椒、青蒜。我们那里过去没有北方的大白菜，只有"青菜"。大白菜是从山东运来的，美其名曰"黄芽菜"，很贵。"青菜"似油菜而大，高二尺，是一年四季都有的，家家都吃的菜。咸菜即是用青菜腌的。阴天下雪，喝咸菜汤。

冬天的游戏：踢毽子，抓子儿，下"逍遥"。"逍遥"是在一张正方的白纸上，木版印出螺旋的双道，两道之间印出八仙、马、兔子、鲤鱼、虾……每样都是两个，错落排列，不依次序。玩的时候各执铜钱或象棋子为子儿，掷骰子，如果骰子是五点，自"起马"处数起，向前走五步，是兔子，则可向内圈寻找另一个兔子，以子儿押在上面。下一轮开始，自里圈兔子处数起，如是六点，进六步，也许是铁拐李，就寻另一个铁拐李，把子儿押在那个铁拐李上。如果数至里圈的什么图上，则到外圈去找，退回来。点数够了，子儿能进入终点（终点是一座宫殿式的房子，不知是月宫还是龙门），就算赢了。次后进入的为"二家""三家"。"逍遥"两个人玩也可以，三个、四个人玩也可以。不知道为什么叫作"逍遥"。

早起一睁眼，窗户纸上亮晃晃的，下雪了！雪天，到后园去折蜡梅花、天竺果。明黄色的蜡梅、鲜红的天竺果，白雪，生意盎然。蜡梅开得很长，天竺果尤为耐久，插在胆瓶里，可经半个月。

舂粉子。有一家邻居，有一架碓。这架碓平常不大有人用，只在冬天由附近的一二十家轮流借用。碓屋很小，除了一架碓，只有一些筛子、箩。踩碓很好玩，用脚一踏，吱扭一声，碓嘴扬了起来，嘭的一声，落在碓窝里。粉子舂好了，可以蒸糕，做"年烧饼"（糯米粉为蒂，包豆沙白糖，作为饼，在锅里烙熟），搓圆子（即汤团）。舂粉子，就快过年了。

济南的冬天

老舍

对于一个在北平住惯的人，像我，冬天要是不刮大风，便觉得是奇迹；济南的冬天是没有风声的。对于一个刚由伦敦回来的人，像我，冬天要能看得见日光，便觉得是怪事；济南的冬天是响晴的。自然，在热带的地方，日光是永远那么毒，响亮的天气反有点叫人害怕。可是，在北中国的冬天，而能有温晴的天气，济南真得算个宝地。

设若单单是有阳光，那也算不了出奇。请闭上眼睛想：一个老城，有山有水，全在蓝天下很暖和安适地睡着，只等春风来把它们唤醒，这是不是个理想的境界？

小山整把济南围了个圈儿，只有北边缺着点儿口儿。这一圈小山在冬天特别可爱，好像是把济南放在一个小摇篮里，它们全安静不动地低声地说："你们放心吧，这儿准保暖和。"真的，济南的人们在冬天是面上含笑的。他们一看那些小山，心中便觉得有了着落，有了依靠。他们由天上看到山上，便不觉地想起："明天也许就是春天了吧？这样的温暖，今天夜里山草也许就绿起来了吧？"就是这点儿幻想不能一时实现，他们也并不着急，因为有这样慈善的冬天，干啥还希望别的呢！

最妙的是下点儿小雪呀。看吧，山上的矮松越发的青黑，树尖儿上顶着一髻儿白花，好像日本看护妇。山尖全白了，给蓝天镶上一道银边。山坡上有的地方雪厚点儿，有的地方草色还露着；这样，一道儿白，一道儿暗黄，给山们穿上一件带水纹的花衣；看着看着，这件花衣好像被风儿吹动，叫你希望看见一点儿更美的山的肌肤。等到快日落的时候，微黄的阳光斜射在山腰上，那点儿薄雪好像忽然害了羞，微微露出点儿粉色。就是下小雪吧，济南是受不住大雪的，那些小山太秀气！

古老的济南，城内那么狭窄，城外又那么宽敞，山坡上卧着些小村庄，小村庄的房顶上卧着点儿雪，对，这是张小水墨画，或者是唐代的名手画的吧。

那水呢，不但不结冰，反倒在绿萍上冒着点儿热气。水藻真绿，把终年贮蓄的绿色全拿出来了。天儿越晴，水藻越绿，就凭这些绿的精神，水也不忍得冻上；况且那长枝的垂柳还要在水里照个影儿呢。看吧，由澄清的河水慢慢往上看吧，空中，半空中，天上，自上而下全是那么清亮，那么蓝汪汪的，整个的是块空灵的蓝水晶。这块水晶里，包着红屋顶、黄草山，像地毯上的小团花的小灰色树影。

这就是冬天的济南。

第五辑

——

花花草草人间路，缓缓归

陌上花开，假如没有了从俗累的生活中走出来，悄然伫立阡陌并为陌上风情所陶醉的人，那么花开也寂寞，风情也苍白。于是，一句"陌上花开，可缓缓归矣"不知被几个人吟诵了几个遍，人归缓缓，那花便有灵性，便开得执着，陌上风情也被撩拨得浓郁而热烈。

人间草木

汪曾祺

山丹丹

我在大青山挖到一棵山丹丹。这棵山丹丹的花真多。招待我们的老堡垒户看了看，说："这棵山丹丹有十三年了。"

"十三年了？咋知道？"

"山丹丹长一年，多开一朵花。你看，十三朵。"

山丹丹记得自己的岁数。

我本想把这棵山丹丹带回呼和浩特，想了想，找了把铁锹，在老堡垒户的开满了蓝色党参花的土台上刨了个坑，把这棵山丹丹种上了。问老堡垒户：

"能活？"

"能活。这东西，皮实。"

大青山到处是山丹丹，开七朵花、八朵花的，多的是。

    山丹丹花开花又落，

    一年又一年……

这支流行歌曲的作者未必知道，山丹丹过一年多开一朵花。唱歌的歌星就更不会知道了。

枸杞

枸杞到处都有。枸杞头是春天的野菜。采摘枸杞的嫩头，略焯过，切碎，与香干丁同拌，浇酱油、醋、香油；或入油锅爆炒，皆极清香。夏末秋初，开淡紫色小花，谁也不注意。随即结出小小的红色的卵形浆果，即枸杞子。我的家乡叫作狗奶子。

我在玉渊潭散步，在一个山包下的草丛里看见一对老夫妻弯着腰在找什么。他们一边走，一边搜索。走几步，停一停，弯腰。

"您二位找什么？"

"枸杞子。"

"有吗？"

老同志把手里一个罐头玻璃瓶举起来给我看，已经有半瓶了。

"不少！"

"不少！"

他解嘲似的哈哈笑了几声。

"您慢慢捡着！"

"慢慢捡着！"

看样子这对老夫妻是离休干部，穿得很整齐干净，气色很好。

他们捡枸杞子干什么？是配药？泡酒？看来都不完全是。真要是需要，可以托熟人从宁夏捎一点或寄一点来。——听口音，老同志是

167

西北人，那边肯定会有熟人。

他们捡枸杞子其实只是玩！一边走着，一边捡枸杞子，这比单纯的散步要有意思。这是两个童心未泯的老人，两个老孩子！

人老了，是得学会这样的生活。看来，这二位中年时也是很会生活，会从生活中寻找乐趣的。他们为人一定很好，很厚道。他们还一定不贪权势，甘于淡泊。夫妻间一定不会为柴米油盐、儿女婚嫁而吵嘴。

从钓鱼台到甘家口商场的路上，路西，有一家的门头上种了很大的一丛枸杞，秋天结了很多枸杞子，通红通红的，礼花似的，喷泉似的垂挂下来，一个珊瑚珠穿成的华盖，好看极了。这丛枸杞可以拿到花会上去展览。这家怎么会想起在门头上种一丛枸杞？

槐花

玉渊潭洋槐花盛开，像下了一场大雪，白得耀眼。来了放蜂的人。蜂箱都放好了，他的"家"也安顿了。一个刷了涂料的很厚的黑色的帆布篷子。里面打了两道土墼，上面架起几块木板，是床。床上一卷铺盖。地上排着油瓶、酱油瓶、醋瓶。一个白铁桶里已经有多半桶蜜。外面一个蜂窝煤炉子上坐着锅。一个女人在案板上切青蒜。锅开了，她往锅里下了一把干切面。不大会儿，面熟了，她把面捞在碗里，加了作料、撒上青蒜，在一个碗里舀了半勺豆瓣。一人一碗。她吃的是加了豆瓣的。

蜜蜂忙着采蜜，进进出出，飞满一天。

　　我跟养蜂人买过两次蜜，绕玉渊潭散步回来，经过他的棚子，大都要在他门前的树墩上坐一坐，抽一支烟，看他收蜜，刮蜡，跟他聊两句，彼此都熟了。

　　这是一个五十岁上下的中年人，高高瘦瘦的，身体像是不太好，他做事总是那么从容不迫，慢条斯理的。样子不像个农民，倒有点像一个农村小学校长。听口音，是石家庄一带的。他到过很多省，哪里有鲜花，就到哪里去。菜花开的地方，玫瑰花开的地方，苹果花开的地方，枣花开的地方。每年都到南方去过冬，广西、贵州。到了春暖，再往北翻。我问他是不是枣花蜜最好，他说是荆条花的蜜最好。这很出乎我的意外。荆条是个不起眼的东西，而且我从来没有见过荆条开花，想不到荆条花蜜却是最好的蜜。我想他每年收入应当不错。他说比一般农民要好一些，但是也落不下多少：蜂具，路费；而且每年要赔几十斤白糖——蜜蜂冬天不采蜜，得喂它糖。

　　女人显然是他的老婆。不过他们岁数相差太大了。他五十了，女人也就是三十出头。而且，她是四川人，说四川话。我问他："你们是怎么认识的？"他说："她是新繁县人。"那年他到新繁放蜂，认识了。她说北方的大米好吃，就跟来了。

　　有那么简单？也许她看中了他的脾气好，喜欢这样安静平和的性格？也许她觉得这种放蜂生活，东南西北到处跑，好耍？这是一种农村式的浪漫主义。四川女孩子做事往往很洒脱，想咋个就咋个，不像北方女孩子有那么多考虑。他们结婚已经几年了。丈夫对她好，她对丈夫也很体贴。她觉得她的选择没有错，很满意，不后悔。我问养蜂人:"她回去过没有?"他说:"回去过一次,一个人。"他让她带了两千块钱,她买了好些礼物送人,风风光光地回了一趟新繁。

一天,我没有看见女人,问养蜂人,她到哪里去了。养蜂人说:到我那大儿子家去了,去接我那大儿子的孩子。他有个大儿子,在北京工作,在汽车修配厂当工人。

她抱回来一个四岁多的男孩,带着他在棚子里住了几天。她带他到甘家口商场买衣服,买鞋,买饼干,买冰糖葫芦。男孩子在床上玩鸡啄米,她靠着被窝用钩针给他勾一顶大红的毛线帽子。她很爱这个孩子。这种爱是完全非功利的,既不是讨丈夫的欢心,也不是为了和丈夫的儿子一家搞好关系。这是一颗很善良、很美的心。孩子叫她奶奶,奶奶笑了。

过了几天,她把孩子又送了回去。

过了两天,我去玉渊潭散步,养蜂人的棚子拆了,蜂箱集中在一起。等我散步回来,养蜂人的大儿子开来一辆卡车,把棚柱、木板、煤炉、锅碗和蜂箱装好,养蜂人两口子坐上车,卡车开走了。

玉渊潭的槐花落了。

海棠花

季羡林

　　早晨到研究所去的路上，抬头看到人家的园子里正开着海棠花，缤纷烂漫地开成一团。这使我想到自己故乡院子里的那两棵海棠花，现在想也正是开花的时候了。

　　我虽然喜欢海棠花，但却似乎与海棠花无缘。自家院子里虽然就有两棵，枝干都非常粗大，最高的枝子竟高过房顶，秋后叶子落光了的时候，看到尖尖的顶枝直刺着蔚蓝悠远的天空，自己的幻想也仿佛跟着爬上去，常默默地看上半天；但是要到记忆里去搜寻开花时的情景，却只能搜到很少几个断片。搬过家来以前，曾在春天到原来住在这里的亲戚家里去讨过几次折枝，当时看了那开得团团滚滚的花朵，很羡慕过一番。但这已经是很久很久以前的事情，现在回忆起来都有点渺茫了。

　　家搬过来以后，自己似乎只在家里待过一个春天。当时开花时的情景，现在已想不真切。记得有一个晚上同几个同伴在家南边一个高崖上游玩，向北看，看到一片屋顶，其中纵横穿插着一条条的空隙，是街道。虽然也可以幻想出一片海浪，但究竟单调得很。可是在这一片单调的房顶中却蓦地看到一树繁花的尖顶，绚烂得像是西天的晚霞。当时我真有说不出的高兴，其中还夹杂着一点渴望，渴望自己能够走到这树下去看上一看。于是我就按着这一条条的空隙数起来，终于发现，那就是自己家里那两棵海棠树。我立刻跑下崖头，回到家里，站在海棠树下，一直站到淡红的花团渐渐消逝到黄昏里去，只朦胧留下一片淡白。

但是这样的情景只有过一次，其余的春天我都是在北京度过的。北京是古老的都城，尽有许多机会可以做赏花的韵事，但是自己却很少有这福气。我只到中山公园去看过芍药，到颐和园去看过一次木兰。此外，就是同一个老朋友在大毒日头下面跑过许多条窄窄的灰土街道到崇效寺去看过一次牡丹；又因为去得太晚了，只看到满地残英。至于海棠，不但是很少看到，连因海棠而出名的寺院似乎也没有听说过。北京的春天是非常短的，短到几乎没有。最初还是残冬，可是接连吹上几天大风，再一看树木都长出了嫩绿的叶子，天气陡然暖了起来，已经是夏天了。

夏天一来，我就又回到故乡去。院子里的两棵海棠已经密密层层地盖满了大叶子，很难令人回忆起这上面曾经开过团团滚滚的花。长昼无聊，我躺在铺在屋里面地上的席子上睡觉，醒来往往觉得一枕清凉，非常舒服。抬头看到窗纸上历历乱乱地布满了叶影。我间或也坐在窗前看点儿书，满窗浓绿，不时有一只绿色的虫子在上面慢慢地爬过去，令我幻想深山大泽中的行人。蜗牛爬过的痕迹就像是山间林中的蜿蜒的小路。就这样，自己可以看上半天。晚上吃过饭后，就搬了椅子坐在海棠树下乘凉，从叶子的空隙处看到灰色的天空，上面嵌着一颗一颗的星。结在海棠树下檐边中间的蜘蛛网，借了星星的微光，把影子投在天幕上。一切都是这样静。这时候，自己往往什么都不想，只让睡意轻轻地压上眉头。等到果真睡去半夜里再醒来的时候，往往听到海棠叶子窸窸窣窣地直响，知道外面下雨了。

似乎这样的夏天也没有能过几个。六年前的秋天，当海棠树的叶子渐渐地转成淡黄的时候，我离开故乡，来到了德国。一转眼，在这个小城里，就住了这么久。我们天天在过日子，却往往不知道日子是怎样过的。以前在一篇什么文章里读到这样一句话："我们从现在起要仔仔细细地过日子了。"当时颇有同感，觉得自己也应立刻从即时起仔仔细细地过日子了。但是过了一些时候，再一回想，仍然是有些捉摸不住，不知道日子是怎样过去的。到了德国，更是如此。我本来是下定了决心用苦行者的精神到德国来念书的，所以每天除了钻书本以外，很少想到别的事情。可是现实的情况又不允许我这样做。而且祖国又时来入梦，使我这万里外的游子心情不能平静。就这样，在幻想和现实之间，在祖国和异域之间，我的思想在挣扎着。不知道怎样一来，一下子就过了六年。

哥廷根是有名的花城。来到这里的第一个春天，这里花之多就让我吃惊。雪刚融化，就有白色的小花从地里钻出来。以后，天气逐渐转暖，一转眼，家家园子里都挤满了花。红的、黄的、蓝的、白的，大大小小，五颜六色，锦似的一片，都不知道是什么时候开放的。山上树林子里，更有整树的白花。我常常一个人在暮春五月到山上去散步，暖烘烘的香气飘拂在我的四周。人同香气仿佛融而为一，忘记了花，也忘记了自己，直到黄昏才慢慢回家。但是我却似乎一直没注意到这里也有海棠花。原因是，我最初只看到满眼繁花，多半是叫不出名字。"看花苦为译秦名"，我也就不译了。因而也就不分什么花什么花，只是眼花缭乱而已。

但是，真像一个奇迹似的，今天早晨我竟在人家园子里看到盛开的海棠花。我的心一动，仿佛刚睡了一大觉醒来似的，蓦地发现，自己在这个异域的小城里住了六年了。乡思浓浓地压上心头，无法排解。

我前面说，我同海棠花无缘。现在我不知道应该怎样说好了，乡思并不是很舒服的事情。但是在这垂尽的五月天，当自己心里填满了忧愁的时候，有这么一团十分浓烈的乡思压在心头，令人感到痛苦。同时我却又有点爱惜这一点乡思，欣赏这一点乡思。它使我想到：我是一个有故乡和祖国的人。故乡和祖国虽然远在天边，但是现在他们却近在眼前。我离开他们的时间愈远，他们却离我愈近。我的祖国正在苦难中，我是多么想看到他呀！把祖国召唤到我眼前来的，似乎就是海棠花，我应该感激它才是。

想来想去，我自己也糊涂了。晚上回家的路上，我又走过那个园子去看海棠花。它依旧同早晨一样，缤纷烂漫地开成一团，它似乎一点也不理会我的心情。我站在树下，待了半天，抬眼看到西天正亮着同海棠花一样红艳的晚霞。

看花

朱自清

　　生长在大江北岸一个城市里，那儿的园林本是著名的，但近来却很少；似乎自幼就不曾听见过"我们今天看花去"一类话，可见花事是不盛的。有些爱花的人，大都只是将花栽在盆里，一盆盆搁在架上；架子横放在院子里。院子照例是小小的，只够放下一个架子；架上至多搁二十多盆花罢了。有时院子里依墙筑起一座"花台"，台上种一株开花的树；也有在院子里地上种的。但这只是普通的点缀，不算是爱花。

　　家里人似乎都不甚爱花；父亲只在领我们上街时，偶然和我们到"花房"里去过一两回。但我们住过一所房子，有一座小花园，是房东家的。那里有树，有花架（大约是紫藤花架之类），但我当时还小，不知道那些花木的名字；只记得爬在墙上的是蔷薇而已。园中还有一座太湖石堆成的洞门；现在想来，似乎也还好的。在那时由一个顽皮的少年仆人领了我去，却只知道跑来跑去捉蝴蝶；有时揣下几朵花，也只是随意弄着，随意丢弃了。至于领略花的趣味，那是以后的事：夏天的早晨，我们那地方有乡下的姑娘在各处街巷，沿门叫着，"卖栀子花来。"栀子花不是什么高品，但我喜欢那白而晕黄的颜色和

175

那肥肥的个儿，正和那些卖花的姑娘有着相似的韵味。栀子花的香，浓而不烈，清而不淡，也是我乐意的。我这样便爱起花来了。也许有人会问，"你爱的不是花吧？"这个我自己其实也已不大弄得清楚，只好存而不论了。

在高小的一个春天，有人提议到城外F寺里吃桃子去，而且预备白吃；不让吃就闹一场，甚至打一架也不在乎。那时虽远在五四运动以前，但我们那里的中学生却常有打进戏园看白戏的事。中学生能白看戏，小学生为什么不能白吃桃子呢？我们都这样想，便由那提议人纠合了十几个同学，浩浩荡荡地向城外而去。到了F寺，气势不凡地呵斥着道人们（我们称寺里的工人为道人），立刻领我们向桃园里去。道人们踌躇着说："现在桃树刚才开花呢。"但是谁信道人们的话？我们终于到了桃园里。大家都丧了气，原来花是真开着呢！这时提议人P君便去折花。道人们是一直步步跟着的，立刻上前劝阻，而且用起手来。但P君是我们中最不好惹的；"说时迟，那时快"，一眨眼，花在他的手里，道人已跟跄在一旁了。那一园子的桃花，想来总该有些可看；我们却谁也没有想着去看。只嚷着："没有桃子，得沏茶喝！"道人们满肚子委屈地引我们到"方丈"里，大家各喝一大杯茶。这才平了气，谈谈笑笑地进城去。大概我那时还只懂得爱一朵朵的栀子花，对于开在树上的桃花，是并不了然的；所以眼前的机会，便从眼前错过了。

以后渐渐念了些看花的诗，觉得看花颇有些意思。但到北平读了几年书，却只到过崇效寺一次；而去得又嫌早些，那有名的一株绿牡丹还未开呢。北平看花的事很盛，看花的地方也很多；但那时热闹的似乎也只有一班诗人名士，其余还是不相干的。那正是新文学运动的起头，我们这些少年，对于旧诗和那一班诗人名士，实在有些不敬；而看花的地方又都远不可言，我是一个懒人，便干脆地断了那条心了。后来到杭州做事，遇见了Y君，他是新诗人兼旧诗人，看花的兴致很好。我和他常到孤山去看梅花。孤山的梅花是古今有名的，但太少；又没有临水的，人也太多。有一回坐在放鹤亭上喝茶，来了一个方面有须，穿着花缎马褂的人，用湖南口音和人打招呼道，"梅花盛开嗒！""盛"字说得特别重，使我吃了一惊；但我吃惊的也只是说在他嘴里"盛"这个声音罢了，花的盛不盛，在我倒并没有什么的。

有一回，Y来说，灵峰寺有三百株梅花；寺在山里，去的人也少。我和Y，还有N君，从西湖边雇船到岳坟，从岳坟入山。曲曲折折走了好一会儿，又上了许多石级，才到山上寺里。寺甚小，梅花便在大殿西边园中。园也不大，东墙下有三间净室，最宜喝茶看花；北边有座小山，山上有亭，大约叫"望海亭"吧，望海是未必，但钱塘江与西湖是看得见的。梅树确是不少，密密地低低地整列着。那时已是黄昏，寺里只我们三个游人；梅花并没有开，但那珍珠似的繁星似的骨朵儿，已经够可爱了；我们都觉得比孤山上盛开时有味。大殿上正做晚课，送来梵呗的声音，和着梅林中的暗香，真叫我们舍不得回去。在园里徘徊了一会儿，又在屋里坐了一会儿，天是黑定了，又没有月色，我们向庙里要了一个旧灯笼，照着下山。路上几乎迷了道，又两次三番地狗咬；我们的Y诗人确有些窘了，但终于到了岳坟。船夫远远迎上来道："你们来了，我想你们不会冤我呢！"在船上，我们还不离口地说着灵峰的梅花，直到湖边电灯光照到我们的眼。

　　Y回北平去了，我也到了白马湖。那边是乡下，只有沿湖与杨柳相间着种了一行小桃树，春天花发时，在风里娇媚地笑着。还有山里的杜鹃花也不少。这些日日在我们眼前，从没有人像煞有介事地提议："我们看花去。"但有一位S君，却特别爱养花；他家里几乎是终年不离花的。我们上他家去，总看他在那里不是拿着剪刀修理枝叶，便是提着壶浇水。我们常乐意看着。他院子里一株紫薇花很好，我们在花旁喝酒，不知多少次。白马湖住了不过一年，我却传染了他那爱花的嗜好。但重到北平时，住在花事很盛的清华园里，接连过了三个春，却从未想到去看一回。只在第二年秋天，曾经和孙三先生在园里看过几次菊花。"清华园之菊"是著名的，孙三先生还特地写了一篇文，画了好些画。但那种一盆一干一花的养法，花是好了，总觉没有天然的风趣。直到去年春天，有了些余闲，在花开前，先向人问了些花的名字。一个好朋友是从知道姓名起的，我想看花也正是如此。恰好Y君也常来园中，我们一天三四趟地到那些花下去徘徊。今年Y君忙些，我便一个人去。我爱繁花老干的杏，临风婀娜的小红桃，贴梗累累如珠的紫荆；但最恋恋的是西府海棠。海棠的花繁得好，也淡得好；艳极了，却没有一丝荡意。疏疏的高干子，英气隐隐逼人。可惜没有趁着月色看过；王鹏运有两句词道："只愁淡月朦胧影，难验微波上下潮。"我想月下的海棠花，大约便是这种光景吧。为了海棠，前两天在城里特地冒了大风到中山公园去，看花的人倒也不少；但不知怎的，却忘了畿辅先哲祠。Y告我那里的一株，遮住了大半个院子；别处的都向上长，这一株却是横里伸张的。花的繁没有法说；海棠本无香，昔人常以为恨，这是花太繁了，却酝酿出一种淡淡的香气，使人久闻不倦。Y告我，正是刮了一日还不息的狂风的晚上；他是前一天去的。他说他去时地上已有落花了，这一日一夜的风，准完了。他说北平看花，是要赶着看的：春光太短了，又晴的日子多；今年算是有阴的日子了，但狂风还是逃不了的。我说北平看花，比别处有意思，也正在此。这时候，我似乎不甚菲薄那一班诗人名士了。

养花

老舍

我爱花，所以也爱养花。我可还没成为养花专家，因为没有工夫去做研究与试验。我只把养花当作生活中的一种乐趣，花开得大小好坏都不计较，只要开花，我就高兴。在我的小院中，到夏天，满是花草，小猫儿们只好上房去玩耍，地上没有它们的运动场。

花虽多，但无奇花异草。珍贵的花草不易养活，看着一棵好花生病欲死是件难过的事。我不愿时时落泪。北京的气候，对养花来说，不算很好。冬天冷，春天多风，夏天不是干旱就是大雨倾盆；秋天最好，可是忽然会闹霜冻。在这种气候里，想把南方的好花养活，我还没有那么大的本事。因此，我只养些好种易活、自己会奋斗的花草。

不过，尽管花草自己会奋斗，我若置之不理，任其自生自灭，它们多数还是会死了的。我得天天照管它们，像好朋友似的关切它们。一来二去，我摸着一些门道：有的喜阴，就别放在太阳地里，有的喜干，就别多浇水。这是个乐趣，摸住门道，花草养活了，而且三年五载老活着、开花，多么有意思呀！不是乱吹，这就是知识呀！多得些知识，一定不是坏事。

我不是有腿病吗？不但不利于行，也不利于久坐。我不知道花草们受我的照顾，感谢我不感谢；我可得感谢它们。在我工作的时候，我总是写了几十个字，就到院中去看看，浇浇这棵，搬搬那盆，然后回到屋中再写一点，然后再出去，如此循环，把脑力劳动与体力劳动结合到一起，有益身心，胜于吃药。要是赶上狂风暴雨或天气突变哪，就得全家动员，抢救花草，十分紧张。几百盆花，都要很快地抢到屋里去，使人腰酸腿疼，热汗直流。第二天，天气好转，又得把花儿都搬出去，就又一次腰酸腿疼，热汗直流。可是，这多么有意思呀！不劳动，连棵花儿也养不活，这难道不是真理吗？

送牛奶的同志，进门就夸"好香"！这使我们全家都感到骄傲。赶到昙花开放的时候，约几位朋友来看看，更有秉烛夜游的神气——昙花总在夜里放蕊。花儿分根了，一棵分为数棵，就赠给朋友们一些；看着友人拿走自己的劳动果实，心里自然特别喜欢。

当然，也有伤心的时候，今年夏天就有这么一回。三百株菊秧还在地上（没到移入盆中的时候），下了暴雨。邻家的墙倒了下来，菊秧被砸死者三十多种，一百多棵！全家都几天没有笑容！

有喜有忧，有笑有泪，有花有实，有香有色，既须劳动，又长见识，这就是养花的乐趣。

蛛丝和梅花

林徽因

真真的就是那么两根蛛丝，由门框边轻轻地牵到一枝梅花上。就是那么两根细丝，迎着太阳光发亮……再多了，那还像样吗？一个摩登家庭如何能容蛛网在光天白日里作怪，管它有多美丽、多玄妙、多细致，够你对着它联想到一切自然，造物的神工和不可思议处；这两根丝本来就该使人脸红，且在冬天够多特别！可是亮亮的、细细的，倒有点像银，也有点像玻璃制的细丝，委实不算讨厌，尤其是它们那么满脱风雅，偏偏那样有意无意地斜着搭在梅花的枝梢上。

你向着那丝看，冬天的太阳照满了屋内，窗明几净，每朵含苞的，开透的，半开的梅花在那里挺秀吐香，情绪不禁迷茫缥缈地充溢心胸，在那刹那的时间中振荡。同蛛丝一样的细弱，和不必需，思想开始抛引出去：由过去牵到将来，意识的，非意识的，由门框梅花牵出宇宙，浮云沧波踪迹不定。是人性，艺本，还是哲学，你也无暇计较，你不能制止你情绪的充溢，思想的驰骋，蛛丝梅花竟然是瞬息可以千里！

好比你是蜘蛛，你的周围也有你自织的蛛网，细致地牵引着天地，不怕多少次风雨来吹断它，你不会停止了这生命上基本的活动。

此刻"……一枝斜好，幽香不知其处……"

拿梅花来说吧，一串串丹红的结蕊缀在秀劲的傲骨上，最可爱，最可赏，等半绽将开的错落在老枝上时，你便会心跳！梅花最怕开；开了便没话说。索性残了，沁香拂散同夜里炉火都能成了一种温存的凄清。

记起了，也就是说到梅花，玉兰。初是有个朋友说起初恋时玉兰刚开完，天气每天的暖，住在湖旁，每夜跑到湖边林子里走路，又静坐幽僻石上看隔岸灯火，感到好像仅有如此虔诚地孤对一片泓碧寒星远市，才能把心里情绪抓紧了，放在最可靠、最纯净的一撮思想里，始不至亵渎或是惊着那"寤寐思服"的人儿。那是极年轻的男子初恋的情景——对象渺茫高远，反而近求"自我的"郁结深浅——他问起少女的情绪。

就在这里，忽记起梅花。一枝两枝，老枝细枝，横着，虬着，描着影子，喷着细香；太阳淡淡金色的铺在地板上；四壁琳琅，书架上的书和书签都像在发出言语；墙上小对联记不得是谁的集句；中条是东坡的诗。你敛住气，简直不敢喘息，踮起脚，细小的身形嵌在书房中间，看残照当窗，花影摇曳，你像失落了什么，有点迷惘。又像"怪东风着意相寻"，有点儿没主意！浪漫，极端的浪漫。"飞花满地谁为扫？"你问，情绪风似的吹动，卷过，停留在惜花上面。再回头看看，花依旧嫣然不语。"如此娉婷，谁人解看花意"，你更沉默，几乎热情地感到花的寂寞，开始怜花，把同情统统诗意地交给了花心！

　　这不是初恋，是未恋，正自觉"解看花意"的时代。情绪的不同，不只是男子和女子有分别，东方和西方也甚有差异。情绪即使根本相同，情绪的象征，情绪所寄托，所栖止的事物却常常不同。水和星子同西方情绪的联系，早就成了习惯。一颗星子在蓝天里闪，一流冷涧倾泻一片幽愁的平静，便激起他们诗情的波涌，心里甜蜜地、热情地便唱着由那些鹅羽的笔锋散下来的"她的眼如同星子在暮天里闪"，或是"明丽如同单独的那颗星，照着晚来的天"，或"多少次了，在一流碧水旁边，忧愁倚下她低垂的脸"。

　　惜花，解花太东方，亲昵自然，含着人性的细致是东方传统的情绪。

　　此外年龄还有尺寸，一样是愁，却跃跃似喜，十六岁时的，微风零乱，不颓废，不空虚，踮着理想的脚充满希望，东方和西方却一样。人老了脉脉烟雨，愁吟或牢骚多折损诗的活泼。大家如香山，稼轩，东坡，放翁的白发华发，很少不梗在诗里，至少是令人不快。话说远了，刚说是惜花，东方老少都免不了这嗜好，这倒不论老的雪鬟曳杖，深闺里也就攒眉千度。

　　最叫人惜的花是海棠一类的"春红"，那样娇嫩明艳，开过了残红满地，太招惹同情和伤感。但在西方即使也有我们同样的花，也还缺乏我们的廊庑庭院。有了"庭院深深深几许"才有一种庭院里特有的情绪。如果李易安的"斜风细雨"底下不是"重门须闭"也就不"萧条"得那样深沉可爱；李后主的"终日谁来"也一样的别有寂寞滋味。看花更须庭院，深深锁在里面认识，不时还得有轩窗栏杆，给你一点凭借，虽然也用不着十二栏杆倚遍，那么慵弱无聊。

当然旧诗里伤愁太多；一首诗竟像一张美的证券，可以照着市价去兑现！所以庭花，乱红，黄昏，寂寞太滥，诗常失却诚实。西洋诗，恋爱总站在前头，或是"忘掉"，或是"记起"，月是为爱，花也是为爱，只使全是真情，也未尝不太腻味。就以两边好的来讲。拿他们的月光同我们的月色比，似乎是月色滋味深长得多。花更不用说了；我们的花"不是预备采下缀成花球，或花冠献给恋人的"，却是一树一树绰约的，个性的，自己立在情人的地位上接受恋歌的。

所以未恋时的对象最自然的是花，不是因为花而起的感慨——十六岁时无所谓感慨——仅是刚说过的自觉解花的情绪，寄托在那清丽无语的上边，你心折它绝韵孤高，你为花动了感情，实说你同花恋爱，也未尝不可——那惊讶狂喜也不减于初恋。还有那凝望、那沉思……

一根蛛丝！记忆也同一根蛛丝，搭在梅花上就由梅花枝上牵引出去，虽未织成密网，这诗意的前后，也就是相隔十几年的情绪的联络。

午后的阳光仍然斜照，庭院阒然，离离疏影，房里窗棂和梅花依然伴和成为图案，两根蛛丝在冬天还可算为奇迹，你望着它看，真有点像银，也有点像玻璃，偏偏那么斜挂在梅花的枝梢上。

生机

丰子恺

去年除夜买的一球水仙花，养了两个多月，直到今天方才开花。

今春天气酷寒，别的花木萌芽都迟，我的水仙尤迟。因为它到我家来，遭了好几次灾难，生机被阻抑了。

第一次遭的是旱灾，其情形是这样：它于去年除夕到我家，当时因为我的别寓里没有水仙花盆，我特为跑到瓷器店去买一只纯白的瓷盘来供养它。这瓷盘很大、很重，原来不是水仙花盆。据瓷器店里的老头子说，它是光绪年间的东西，是官场中请客时用以盛某种特别肴馔的家伙。只因后来没有人用得着它，至今没有卖脱。

我觉得普通所谓水仙花盆，长方形的、扇形的，在过去的中国画里都已看厌了，而且形式都不及这家伙好看。就假定这家伙是为我特制的水仙花盆，买了它来，给我的水仙花配合，形状色彩都很调和。看它们在寒窗下绿白相映，素艳可喜，谁相信这是官场中盛酒肉的东西？

可是它们结合不到一个月，就要别离。为的是我要到石门湾去过阴历年，预期在缘缘堂住一个多月，希望把这水仙花带回去，看它开好才好。

如何带法？颇费踌躇：叫工人阿毛拿了这盆水仙花乘火车，恐怕有人说阿毛提倡风雅；把它装进皮箱里，又不可能。于是阿毛提议："盘儿不要它，水仙花拔起来装在饼干箱里，携了上车，到家不过三四个钟头，不会旱杀的。"我通过了。水仙就与盘暂别，坐在饼干箱里旅行。

回到家里，大家纷忙得很，我也忘记了水仙花。三天之后，阿毛突然说起，我猛然觉悟，找寻它的下落，原来被人当作饼干，搁在石灰甏上。连忙取出一看，绿叶憔悴，根须焦黄。阿毛说："勿碍。"立刻把它供养在家里旧有的水仙花盆中，又放些白糖在水里。幸而果然勿碍，过了几天它又欣欣向荣了。

是为第一次遭的旱灾。

第二次遭的是水灾，其情形是这样：家里的水仙花盆中，原有许多色泽很美丽的雨花台石子。有一天早晨，被孩子们发现了，水仙花就遭殃：他们说石子里统是灰尘，埋怨阿毛不先将石子洗净，就代替他做这番工作。他们把水仙花拔起，暂时养在脸盆里，把石子倒在另一脸盆里，掇到墙角的太阳光中，给它们一一洗刷。

雨花台石子浸着水，映着太阳光，光泽、色彩、花纹，都很美丽。有几颗可以使人想象起"通灵宝玉"来。看的人越聚越多，孩子们尤多，女孩子最热心。她们把石子照形状分类，照色彩分类，照花纹分类；然后品评其好坏，给每块石子打起分数来；最后又利用其形色，用许多石子拼起图案来。图案拼好，她们自去吃年糕了；年糕吃好，她们又去踢毽子了；毽子踢好，她们又去散步了。

直到晚上，阿毛在墙角发现了石子的图案，叫道："咦，水仙花哪里去了？"

东寻西找，发见它横卧在花台边上的脸盆中，浑身浸在水里。自晨至晚，浸了十来个小时，绿叶已浸得发肿，发黑了！

阿毛说："勿碍。"再叫小石子给它扶持，坐在水仙花盆中。

是为第二次遭的水灾。

第三次遭的是冻灾，其情形是这样的：水仙花在缘缘堂里住了一个多月。其间春寒太甚，患难迭起。其生机被这些天灾人祸所阻抑，始终不能开花。直到我要离开缘缘堂的前一天，它还是含苞未放。我此去预定暮春回来，不见它开花又不甘心，以问阿毛。

阿毛说："用绳子穿好，提了去！这回不致忘记了。"我赞成。于是水仙花倒悬在阿毛的手里旅行了。

它到了我的寓中，仍旧坐在原配的盆里。雨水过了，不开花。惊蛰过了，又不开花。阿毛说："不晒太阳的缘故。"

就掇到阳台上，请它晒太阳。今年春寒殊甚，阳台上虽有太阳光，同时也有料峭的东风，使人立脚不住。所以人都闭居在室内，从不走到阳台上去看水仙花。房间内少了一盆水仙花也没有人查问。

直到次日清晨，阿毛叫了："啊哟！昨晚水仙花没有拿进来，冻杀了！"

一看，盆内的水连底冻，敲也敲不开；水仙花里面的水分也冻，其鳞茎冻得像一块白石头，其叶子冻得像许多翡翠条。

赶快拿进来，放在火炉边。久之久之，盆里的水融了，花里的水也融了；但是叶子很软，一条一条弯下来，叶尖儿垂在水面。

阿毛说："乌者。"我觉得的确有些儿"乌"，但是看它的花蕊还是笔挺地立着，想来生机没有完全丧尽，还有希望。以问阿毛，阿毛摇头，随后说："索性拿到灶间里去，暖些，我也可以常常顾到。"我赞成。

垂死的水仙花就被从房中移到灶间。是为第三次遭的冻灾。

谁说水仙花清？它也像普通人一样，需要烟火气的。自从移入灶间之后，叶子渐渐抬起头来，花苞渐渐展开。

今天花儿开得很好了！阿毛送它回来，我见了心中大快。此大快非仅为水仙花。

人间的事，只要生机不灭，即使重遭天灾人祸，暂被阻抑，终有抬头的日子。

个人的事如此，家庭的事如此，国家、民族的事也如此。

第六辑
——
山河漫漫，一生自在

　　山居是福，山上有楼住更是修得来的。我们的楼窗开处是一片蓊葱的林海，林海外更有云海！日的光，月的光，星的光：全是你的。从这三尺方的窗户你接受自然的变幻；从这三尺方的窗户你散放你情感的变幻。自在；满足。

天目山中笔记

佛于大众中　说我当作佛　闻如是法音　疑悔悉已除

初闻佛所说　心中大惊疑　将非魔作佛　恼乱我心耶

——莲华经譬喻品

山中不定是清静。庙宇在参天的大木中间藏着，早晚间有的是风，松有松声，竹有竹韵，鸣的禽，叫的虫子，阁上的大钟，殿上的木鱼，庙身的左边右边都安着接泉水的粗毛竹管，这就是天然的笙箫，时缓时急地掺和着天空地上种种的鸣籁。静是不静的；但山中的声响，不论是泥土里的蚯蚓叫或是轿夫们深夜里"唱宝"的异调，自有一种各别处：它来得纯粹，来得清亮，来得透澈，冰水似的沁入你的脾肺；正如你在泉水里洗濯过后觉得清白些，这些山籁，虽则一样是音响，也分明有洗净的功能。

夜间这些清籁摇着你入梦，清早上你也从这些清籁的怀抱中苏醒。

山居是福，山上有楼住更是修得来的。我们的楼窗开处是一片蓊葱的林海，林海外更有云海！日的光，月的光，星的光：全是你的。

192

从这三尺方的窗户你接受自然的变幻；从这三尺方的窗户你散放你情感的变幻。自在；满足。

今早梦回时睁眼见满帐的霞光。鸟雀们在赞美；我也加入一份。它们的是清越的歌唱，我的是潜深一度的沉默。

钟楼中飞下一声洪钟，空山在音波的磅礴中震荡。这一声钟激起了我的思潮。不，潮字太夸；说思流吧。耶教人说阿门，印度教人说"欧姆"（O——m），与这钟声的嗡嗡，同是从撮口外摄到阖口内包的一个无限的波动：分明是外扩，却又是内潜；一切在它的周缘，却又在它的中心：同时是皮又是核，是轴亦复是廓。"这伟大奥妙的"（Om）使人感到动，又感到静；从静中见动，又从动中见静。从安住到飞翔，又从飞翔回复安住；从实在境界超入妙空，又从妙空化生实在：

闻佛柔软音，深远甚微妙。

多奇异的力量！多奥妙的启示！包容一切冲突性的现象，扩大刹那间的视域，这单纯的音响，于我是一种智灵的洗净。花开，花落，天外的流星与田畔间的飞萤，上绾云天的青松，下临绝海的巉岩，男女的爱，珠宝的光，火山的熔液：一婴儿在它的摇篮中安眠。

这山上的钟声是昼夜不间歇的，平均五分钟时一次。打钟的和尚独自在钟头上住着，据说他已经不间歇地打了十一年钟，他的愿心是打到他不能动弹的那天。钟楼上供着菩萨，打钟人在大钟的一边安着他的"座"，他每晚是坐着安神的，一只手挽着钟槌的一头，从长期的习惯，不叫睡眠耽误他的职司。"这和尚"，我自忖，"一定是有道理的！和尚是没道理的多：方才那知客僧想把七窍蒙充六根，怎么算总多了一个鼻孔或是耳孔；那方丈师的谈吐里不少某督军与某省长的点缀；那管半山亭的和尚更是贪嗔的化身，无端摔破了两个无辜的茶碗。但这打钟和尚，他一定不是庸流不能不去看看！"他的年岁在五十开外，出家有二十几年，这钟楼，不错，是他管的，这钟是他打的（说着他就过去撞了一下），他每晚，也不错，是坐着安神的，但此外，可怜，我的俗眼竟看不出什么异样。他拂拭着神龛，神座，拜垫，换上香烛掇一盂水，洗一把青菜，捻一把米，擦干了手接受香客的布施，又转身去撞一声钟。他脸上看不出修行的清癯，却没有失眠的倦态，倒是满满的不时有笑容的展露；念什么经；不，就念阿弥陀佛，他竟许是不认识字的。"那一带是什么山，叫什么，和尚？"

"这里是天目山。"他说。"我知道，我说的是哪一带的。"我手点着问。"我不知道。"他回答。

山上另有一个和尚，他住在更上去昭明太子读书台的旧址，盖着几间屋，供着佛像，也归庙管的。叫作茅棚，但这不比得普陀山上的真茅棚，那看了怕人的，坐着或是偎着修行的和尚没一个不是鹄形鸠面，鬼似的东西。他们不开口的多，你爱布施什么就放在他跟前的篓子或是盘子里，他们怎么也不睁眼，不出声，随你给的是金条或是铁条。人说得更奇了。有的半年没有吃过东西，不曾挪过窝，可还是没有死，就这冥冥地坐着。他们大约离成佛不远了，单看他们的脸色，就比石片泥土不差什么，一样这黑刺刺，死僵僵的。

"内中有几个，"香客们说，"已经成了活佛，我们的祖母早三十年来就看见他们这样坐着的！"

但天目山的茅棚以及茅棚里的和尚，却没有那样的浪漫出奇。茅棚是仅够蔽风雨的屋子，修道的也是活鲜鲜的人，虽则他并不因此减却他给我们的趣味。他是一个高身材、黑面目，行动迟缓的中年人；他出家将近十年，三年前坐过禅关，现在这山上茅棚里来修行；他在俗家时是个商人，家中有父母兄弟姊妹，也许还有自身的妻子；他不曾明说他中年出家的缘由。他只说"俗业太重了，还是出家从佛的好"。但从他沉着的语音与持重的神态中可以觉出他不仅是曾经在人事上受过磨折，并且是在思想上能分清黑白的人。他的口，他的眼，都泄漏着他内里强自抑制，魔与佛交斗的痕迹；说他是放过火杀过人的忏悔者，可信；说他是个回头的浪子，也可言。他不比那钟楼上人的不着颜色，不露曲折：他分明是色的世界里逃来的一个囚犯。三年的禅关，三年的草棚，还不曾压倒，不曾灭净，他肉身的烈火。"俗业太重了，不如出家从佛的好；"这话里岂不战栗着一往忏悔的深心？我觉着好奇；我怎么能得知他深夜趺坐时意念的究竟？

> 佛于大众中　说我当作佛　闻如是法音　疑悔悉已除
> 初闻佛所说　心中大惊疑　将非魔所说　恼乱我心耶

但这也许看太奥了。我们承受西洋人生观洗礼的，容易把做人看太积极，入世的要求太猛烈，太不肯退让，把住这热乎乎的一个身子一个心放进生活的轧床去，不叫他留存半点汁水回去；非到山穷水尽的时候，决不肯认输，退后，收下旗帜；并且即使承认了绝望的表示，他往往直接向生存本体的取决，不来半不阑珊地收回了步子向后退：宁可自杀，干脆的生命的断绝，不来出家，那是生命的否认。不错，西洋人也有出家做和尚做尼姑的，例如亚佩腊①与爱洛绮丝②。但在他们是情感方面的转变，原来对人的爱移作对上帝的爱，这知感的自体与它的活动依旧不含糊地在着；在东方人，这出家是求情感的消灭，皈依佛法或道法，目的在自我一切痕迹的解脱。再说，这出家或出世的观念的老家，是印度不是中国，是跟着佛教来的；印度可能会发生这类思想，学者们自有种种哲理上乃至物理上的解释，也尽有趣味的。中国何以能容留这类思想，并且在实际上出家做尼僧的今天不比以前少（我新近一个朋友差一点做了小和尚）！这问题正值得研究，因为这分明不仅仅是个知识乃至意识的浅深问题，也许这情形尽有极有趣味的解释的可能，我见闻浅，不知道我们的学者怎样想法，我愿意领教。

---

① 亚佩腊，未详。
② 爱洛绮丝，十二世纪时一位法国青年女子，因与她的老师阿卜略尔恋爱而导致一场悲剧，终而遁世。

南游日记

郁达夫

十月二十二日，旧历九月十五日，星期一，阴晴，天似欲变。午后陪文伯游湖一转，且坚约于明晨侵早渡江，作天台雁荡之游。返家刚过五时，急为上海生生美术公司预定出版之月刊草一随笔，名《桐君山的再到》，成二千字，所记的当然是前天和文伯去富阳去桐庐一带所见和所感的种种。但文伯不喜将名氏见于经传，故不书其名，而只写作我的老友来杭，陪去桐庐。在桐君山上写的那一首歪诗亦不抄入，因语意平淡，无留存的价值。

晚上，向图书馆借得张联元觉庵所辑《天台山全志》一部，打算带去作导游之用。因张《志》成于康熙丁酉年（一七一七年），比明释传灯所编之《天台山方外志》年代略后，或者山容水貌，与今日的天台更有几分近似处。

翻阅志书，至十时，就上床睡，因明天要起一个大早，渡江过西兴去坐车出发。

二十三日（九月十六），星期二，晴，有雾。六时起床，刚洗沐中，文伯之车已来门外。急会萃行李，带烟酒各两大包，衣服鞋袜一箱，罐头食品、书籍纸笔、絮被草枕各一捆，都是霞的周到文章，于前夜为我们两人备好的。

登车驶至江边，七点的轮渡未开。行人满载了三四船之外，还有兵士，亦载得两船。候轮船来拖渡过江，因想起汪水云诗"三日钱塘潮不至，千军万马渡江来！"的两句。原诗不知是否如此，但古来战略，似乎都系由隔岸驻重兵，涉江来袭取杭州的。三国孙吴、五代钱武肃王的军事策略，都是如此。伯颜灭南宋，师次皋亭，江的两岸亦驻重兵，故德祐宫中有"三日钱塘潮不至"之叹。若钱江大桥一筑成，各地公路一开通，战略当然是又要大变。

西兴上岸，太阳方照到人家的瓦上，计时当未过八点。在岸旁车站内，遍寻公路局借给我们用的车，终寻不着。不得已，只能打电话向公路局去催，连打两次，都说五百零九号的雪佛勒车已于今晨六时过江来了。心里生了懊恼，觉得首途之日，第一着就不顺意，不知此后的台荡之游，结果究将如何。于是就只能上萧绍长途汽车站旁的酒店里去喝酒，以浇抑郁，以等车来。

九点左右，车终于来了，问何以迟至，答系汽车过渡不便之故。匆匆上车，向东南驶去，对柯岩、兰亭、快阁、龙山、禹陵、禹穴、东湖、六陵以及吼山等越中名胜，都遥致了一个敬意，约于他日来重游。到绍兴约十点过，山阴道上的石栏，鉴湖的一曲，及府山上的空亭，只同梦里的昙花，向车窗显了一显面目。

离绍兴后，车路两旁的道路树颇整齐，秋柳萧条，摇曳着送车远去，倒很像是王实甫曲本里的妙句杂文。由江边至绍兴的曹娥江头，路向是偏南朝东的，在曹娥一折，沿江上去，车就向了正南。过蒿坝、三界、嵊浦等处，右手是不断的越中诸山（嵊山、画图山等），左手是清绝的曹娥江水，风景明朗，人家也多富庶，真是江南的大佳丽地。十二点过剡溪，遥望着嵊县东门外的嵊山溪亭，下去吃了一次午餐就走。

车入新昌界后，沿东港走了一段，至拔茅班竹而渐入高地，回旋曲折，到大桥头，岭才绕完。问之建筑工人，这叫什么岭？工头说是卫士（或围寺）岭，不知是哪两字，他日一翻《新昌县志》，当能查出。在这卫士岭上，已能够远远望见天姥山峰、天台山脉了，过关岭，在天台山中穿岭绕过，始入天台界。文伯姓王，我姓郁，初入天台山境，只见清溪回绕，与世隔绝，自然也生了些邪念，但身入山中，前从远处看见的山峰反而不见了，所以就唱出了两句山歌："山到天台难识面，我非刘阮也牵情。"知昨天在湖上，文伯曾向霞作过谐谑说：

"明儿我们俩要扮作刘晨、阮肇，合唱一出上天台了，你怕也不怕？"

午后四时，渡清溪，望赤城山，至天台县城东北之国清寺宿。寺为隋时智者禅师所手创，因禅师不及见寺成，只留一隐语说"寺若成，国即清"，故名。规模宏大，僧众繁多，且设有佛学研究所一处，每日讲经做功课不辍，真不愧是一座天台正宗发源地的大丛林。来陪我们吃夜饭的法师华清，亦道貌秀异，有点像画里的东坡。

这一晚，只看了些寺里的建筑，和伽蓝殿外的一株隋梅，及丰干桥溪上的半溪明月，八点多钟，就上床睡了。

二十四日（九月十七），星期三，晴爽。

晨七时上轿，去方广寺看"石梁飞瀑"。

初出寺门，向东向北，沿山溪渡岭过去，朝日方照在谷这一面的山头。溪水冲击声不断，想系石梁小弱弟日夜啼号处。两岸山色也苍翠如七八月时，间有红叶，只染成了一二分而已。溪尽山亦一转，又上一道小岭。小岭尽，前面又是高山，山上有路亭在脊背，仰望似在天上。一道越岭的石级路，笔直笔直地穿在这路亭下高山的当中，问之轿夫，说这是金地岭，是去华顶寺、方广寺必经之路，不得已只好下轿来攀援着走上岭去。幸而今晨出发的时候，和尚送给了两枝万年藤杖摆在轿子里，到了金地岭的半当中，才觉得这藤杖真有意想不到之效力了。

到了金地岭头，上面却是一大平坂。人家点点，村落田畴，都分布得非常匀称。田稻方熟，金黄尚未割起。回头一望来处，千丈的谷底，有溪流，有远树；远有国清寺门前的那座高塔——传说是隋时的塔——也看得清清楚楚。再向西远望，是天台县城西北的乡间，始丰溪与清溪灌流的地域，亦就是我们昨天汽车所经过的地方了。岭上的路，成了三枝，一枝是我们的来路，一枝向东偏南，望佛陇下太平乡的台底是高明寺（立在岭上寺看得很明白），一枝朝北，再对高山峻岭走去，经寒风阙、陈田洋等处，可到龙王堂，是东去华顶寺，西北至方广万年寺的大道。

金地岭头，树丛里有一个真觉寺，寺门外立有元和四年（八〇九年）的唐碑一块，寺内大殿里保存着一座智者大师真身的骨塔。相传大师于隋开皇十七年（五九七年）圆寂于新昌大佛寺后，他的徒众搬遗蜕来葬于此地的。传说中的定光禅师在梦中向智者大师招手之处，亦即在这岭头的一大岩石上，现称作"招手岩"者是。

在金地岭头西北的一大村落，俗称"塔头村"，因为真觉寺的俗名是塔头寺。所谓"塔头"者，系指智者大师的骨塔而言。乡人无智，谓国清寺前之塔，系一夜中由仙人移来，塔身已安置好了，只少一塔头，仙人移塔头到此，金鸡唱了，天将亮，不得已就只能弃塔头于此地。现在上国清寺前那座塔中去向天一望，顶上果有一个圆洞，看得出天光，像是无顶的样子。而金地岭，俗名也叫作"金鸡岭"，不过乡人思虑未周，对于塔头东面的那条银地岭，却无法编入到他们的神话里头去。

我们到了塔头村，看到了这高山上的大平原，以及东西南三面的平谷与远景，已经有点恋恋不忍舍去了，及到了更上一层的俗称"水磨坑""落水坑"上的高原地，更不觉绝叫了起来。山上复有山，上一层是一番新景象，一个和平的大村落，有流水，有人家，有稻田与菜圃，小孩们在看割稻，黄白犬在对我们投疑视的眼光。桃花源上更有桃源，行行渐上，迭上三四道岭，仍不觉得是在山巅。这一点我觉得是天台山中最奇特的地方，将来若要辟天台为避暑区域，则地点在水磨坑、落水坑（陈田洋、寒风阙的外台）一带随处都是很适宜的。

自金地岭北去，十五里到龙王堂，又十五里到方广寺。寺处万山之中，上岭下岭，不知要经过几条高低的峻路，才到得了。这地的发现者，是晋昙猷尊者，后传有五百应真居此，宋建中靖国元年（一一〇一年）始建寺，复毁于火，绍熙四年（一一九三年）重建。其后兴灭的历史，却不可考了。一谷之中，依山的倾斜位置，造了上方广、中方广、下方广三个寺。中方广在石梁瀑布之旁，即旧昙花亭址。

这深谷里的石梁瀑布的方向，大约是朝西南的，因过龙王堂后，天下了微雨，我们没有带指南针，所以方向辨不清楚。一道金溪，一道不知名的溪，自北自东直流下来，到了上方广寺前、中方广寺侧的大磐石上，两溪汇合，汇成了一条纵横有数十丈宽广的大河。河向西南流，冲上了一块天然直立在那里有点像闸门似的大石。不知经过了几千万年，这一块大石壁的闸门，终被下流之水冲成了一个弓形的大窟窿。这石窟窿有四五丈宽，丈把来高，水经此孔，一沿石直捣下去，就成了一条数十丈高的飞瀑。这就是方广寺的瀑布与石梁的简单的说明。

上方广寺，在瀑布之上；中方广寺，在瀑布与石梁之旁，登中方广寺的昙花亭，可以俯视石梁，俯视石梁下的数十丈的飞瀑；下方广寺，在瀑布下的溪流的南面。从中方广寺渡石梁，经下方广寺走下去里把来路，立在瀑布下流的溪旁，向上一看，果然是名不虚传的一个奇景，一幅有声有色的小李将军的浓绿山水画。第一，脚下就是一条清溪，溪上半里路远的地方悬着那一条看上去似乎有万把丈高的飞瀑，离瀑布五六尺高的空中，忽有一条很厚实很伟大的天然石梁，架在水上，两头是连接在石岩之上的。这瀑布与石梁的上面，远远还看得见几条溪流、一簇远山与半角的天光；在瀑布石梁及溪流的两旁，尽是些青青的竹、红绿的树以及黄的墙头。可惜在飞瀑上树林里撑出的一只中方广寺昙花亭的飞角，还欠玲珑还欠缥缈一点，若再把这亭的挑角造一造过，另外加上一些合这景致的朱黄涂漆，那这一幅画，真可以说是天下无双了。

我们在中方广寺吃了午饭后，还绕了八九里路的道去看了叫作"铜壶滴漏"的一个围抱在大石圈中状似大瓮的瀑布；顺路下去，又看了水珠帘、龙游枕。从铜壶滴漏起，本可以一直向西向南，上万年寺，上桃源洞去的，但一则因天已垂垂欲暮了，二则我们预算的在天台所费的三日工夫，恐怕不够去桃源学刘阮的登仙，所以毅然决然，把万年寺、桃源洞等舍去，从一小道，涉溪攀岭，直上了天台山的最高峰，向华顶寺去借了一夜宿。

二十五日（九月十八），星期四，晴和。昨夜在寒风与雾雨里，从后山爬上了华顶。华顶寺虽说是在晋天福元年（九三六年）僧德韶所建，但智者禅师亦尝宴坐于此，故离寺三里路高的极顶那座拜经台，仍系智者大师的故迹。据说，天晴的时候，在拜经台上，东看得见海，西南看得见福建界的高山，西北看得见杭州与大盆山脉。总之此地是天台山的极顶，是"醉李白"所说的高四万八千丈的最高峰，在此地看日出，和在泰山的观日峰、崂山的崂顶、黄山的最高处看日出一样，是天下的奇观。我们人虽则小，心倒也很雄大，在前一晚就和寺僧们说："明天天倘使晴，请于三点钟来叫醒我们，好去拜经台看一看日出。"

到了午前的三点，寺里的一位小工人果然来敲房门了。躺在厚棉被里尚觉得冷彻骨髓的这一个时候，真有点怕走出床来，但已有成约在先，自然也不好后悔，所以只能硬着头皮，打着寒噤，从煤油灯影里爬起了身。洗了手面，喝了一斤热酒，更饱吃了一碗面，身上还是不热。问那位小工人，日出果然是看得见的么？他也依违两可，说："现在还有点雾，若雾收得起，太阳自然是看得见的。"说着也早把华顶寺的灯笼点上了。我们没法，就只好懒懒地跟他走出门去。一阵阵的冷风，一块块浓雾，尽从黑暗里扑上我们的身来。灯笼上映出了一个雾圈，道旁的树影，黑黝黝地呈着些奇形怪状，像是地狱里的恶鬼。忽而一阵大风，将云层雾障吹开一线，下弦的残月，就在树梢上露出半张脸来，我们的周围也就灰白白地亮一亮。一霎时雾又来了，月亮又不见了，很厚很厚像有实体似的黑暗粘雾之中，又只听见了我们三人的脚步声和手杖着地的声音，寒冷、岑寂、恐怖、奇异的空气，紧紧包围在我们的四周，弄得我们说话都有点儿怕说。路的两旁，满长着些矮矮的娑罗树，比人略高一点，寒风过处，树枝树叶尽在息列索落地作怪响。自华顶寺到拜经台的三里路，真走出了我们的冷汗，因为热汗是出不出的，一阵风来穿过胴体，衣服身体都像是不存在的样子。

到拜经台的厚石墙下，打开了茅篷的门，我们只在蜡烛光和煤油灯光的底下坐着发抖，等太阳出来。很消沉很幽静的做早功课的钟声、梵唱声停后，天也有点灰白色地发亮了，雾障仍是不开，物体仍旧辨认不大清楚，而看看怀中的表，时候早已在六点之后。两人商量了一下，对那小工人又盘问了一回，知道今天的看日出，事归失败，只能自认晦气，立起身来就走。但拜经台后的一座降魔塔，拜经台前的两块"台山第一峰"与"智者大师拜经处"的石碑，以及前后左右的许多城堡似的茅篷和太白读书堂、墨池、龟池等，倒也看得，不过总抵不了这一个早起与这一番冒险的劳苦。

重回到寺里，吃了一顿早餐，上轿下山，就又经过了数不清的一条条峻岭。过龙王堂，仍走原路向塔头寺去的中间，太阳明朗了起来，因而前面谷里的远景也显得特别清丽，早晨所受的一肚皮委屈，也自然而然地淡薄了下去。至塔头寺南边下山，轿子到高明寺的时候，连明华朗润的山谷景色都不想再看了，因为自华顶下来，我们已经走尽了四十多里山路，大家的肚里都感着饿了，江山的秀色，究竟是不可以餐的。

高明寺亦系智者大师十二刹之一，唐天祐年间始建寺。传说大师发见此地，因他在佛陇讲《净名经》，忽风吹经去，坠落此处，大师就觉此处是一绝好的寺基。其后寺或称"净名"，堂称"翻经"者，原因在此，而现名高明寺者，因寺依高明山之故，或者高明山的得名，正为了此寺，也说不定。

寺里的宝物，有一件智者禅师的袈裟和一口铜钵，但都是伪造的东西了，只有几叶《贝叶经》和《陀罗尼经》四卷倒是真的，不过我们不知道这两种经是哪一朝的遗物而已。

在高明寺东北六七里地远的地方，有一处名胜，叫"螺溪钓艇"，是几块奇岩大石和溪水高山混合起来的景致，系天台八景之一。本来到了高明，这景是必须去看的，但我们因为早晨起来得太早，一顿饱饭吃后，疲倦又和阳光在一起，在催逼我们早些重回国清寺去休息，所以也就割弃了这幽深的"螺溪钓艇"，赶了回来。所谓天台八景者，是元曹文晦的创作，其他的七景是：赤城栖霞（赤城山）、双涧回澜（国清寺前）、华顶归云（华顶寺）、断桥积雪（在"铜壶滴漏"近旁）、琼台夜月（桐柏宫西北）、桃源春晓（桃源岭下）、寒岩夕照（天台县西，去大西乡平镇二十里）。还有前面曾经说起过的那位编《天台山方外志》的高僧传灯，也是高明寺里的和尚，倒不可不特别提起一声，因为寺后的一座无尽灯大师塔院和寺里的一处楞严坛，都是传灯的遗迹。

二十六日（九月十九），星期五，晴暖。游天台刚两日，已颇有饱满之感，今日打算去自辟天地，照了志书地图，前去搜索桐柏宫附近的胜景。不坐轿，不用人做引导，上午八点，自国清寺门前，七如来塔并立处坐汽车到何方店。一路上看赤城山，颜色浓紫，轮廓不再像城，因日光在东，我们在阴面看去，所以与午后看时，又觉两样。

自何方店向北偏东经何方村而入山，要过好几次溪。面前的一排山嶂，山中间的一条瀑布，是我们的目的地。山是桐柏岭，西接琼台与司马悔山；瀑布是"桐柏瀑"，瀑身之广，在天台山各瀑布当中，应称为王，"石梁瀑"远不及它的大。可惜显露得很，数十里外在官道上，行人就能望见瀑身，因此却少有人注意。从前在瀑布附近，有瀑布寺，有福兴观，现在都只剩了故址。《灵异考》载有"华亭王某，于三月三日江行，忽见舟中两道士招之，食以粟；旋命黄衣送上岸，乃在天台瀑布寺前，已九月九日矣"。足见从前的人，对此瀑布的幻想，亦同在桃源岭下差仿不多。

由何方店起，行十里，就到桐柏岭脚的瀑布旁边，再上山五里，由桐柏岭头落北向西，就是桐柏宫了。这一道桐柏岭，远看并不高，走起来可真有点费力。但一上岭头，两目总得疑神疑鬼地骇异起来，因为桐柏宫附近的桐柏乡，纵横将十里，尽是平畴，也有农村田稻、溪流、桥梁、树林等的点缀，西北偏东的三面，依旧有高低的山峰围住。在喘着气爬上桐柏岭来的时候，谁想得到在这么高的山上，还有这一大平原的田园世界呢？又有谁想得到在这高原村落之上，更有比此更高的山峰围绕在那里呢？

桐柏宫是一道观，西南静躺在桐柏乡正中的田野里。据说，这道观的由来，系因唐司马承祯（字子微）隐居于此，故建（唐景云二年，七一一年）。宋大中祥符元年（一〇〇八年），改桐柏崇道观，当时因宋帝酷信道教，所以在志书上对桐柏崇道观的记载，实在辉煌得了不得；明初毁于火，现在的道观，却是清雍正十三年（一七三五年）奉敕所建，当时大约也规模宏大，有绝大之石磉、石基等存在，雕刻精绝，现在可真坍败不堪，只有一块御碑尚巍然屹立在殿前败屋中。还有菜地里的一块宋乾道二年（一一六六年）四月"尚书省牒白云昌寿观文书"碑，字迹也还看得清。道院西边，有清圣祠，供伯夷、叔齐石像二座，系宋黄道士由京师辇至者，像尚完整，而司马子微之塑像，已经不在了。两庑有台郡名贤配享牌位，壁上游人题咏很多，这道观西面的一隅，却清幽得很。

我们在桐柏宫吃过中饭，就走上西面三里多地的山头，去看"琼台双阙"。路过五百大神祠，庙小得很，而乡下人都说是很灵验的庙。

琼台的风景，实在是奇不过。一条半里路宽的万丈深坑曲折环绕，有五六里路至十里内外得长。两岸尽是峭壁，壁上杂生花草矮树，一个一个的小孔很多，因而壁的形状愈觉得奇古。立在岩头，向对面一望，像一幅米襄阳、黄庭坚的大草书屏，向脚下一转眼，可了不得了，直削下去的黑黝黝的石壁，那里何止万丈，就说它千万丈万万丈，也不足以形容立在岩上者的战栗的心境。而这深坑底下，又是什么呢？是一条绿得来成蓝色的水，有两个潭，据说是无底的；还有所谓双阙的两座石山呢，是从谷底拔地而起，像扬子江中的焦山似的挺立在潭之上；坑的中间，两阙相连，中间低落像马鞍。石山上也有草花松树及几枝红叶的栢树枫树，颜色配合得佳妙及峻险的样子，若在画上看见，保管你不能够相信。古来说双阙者，聚讼纷纭，有的说有仙人座的地方，两峰对峙，就是双阙；有的说，这深坑的外口，从谷底上望，两峰壁立，就是双阙。但这些无聊的名义，去管它做什么。我们在仙人座这面的岩头坐坐，更上一处像半岛似的向西突出在谷里的平面岩峰上爬爬，又惊异，又快活，又觉得舍不得走开，竟消磨了一个下午。循原路回到何方店，上车返国清寺的时候，赤城山上的日光，只剩得塔头的一点了。

预备在天台过的三天日期已完，但更幽更远的西乡明岩、寒岩，以及近在目前的赤城山，都还没有去过。晚上躺在床上，翻阅着徐霞客的游记及《天台山全志》里的王思任（季重）、王士性（恒叔）、潘耒（稼堂）等的《游天台山记》，与天台忍辱居士齐巨山周华的《台岳天台山游记》等，我与文伯在讨论商量，明天究竟是坐车到雁荡去呢，还是再留一二日去游明岩、寒岩？雁荡也只打算住它三日，若在此地多留一日，则雁荡就须割去一日。徐霞客岂不是也有两度上天台两度游雁荡的记事么？我们何不也学学他，留一个再来的后约呢！这是文伯的意见。他住在北平，来一趟颇不容易，我住在浙江，要来马上可以再来，既然他在那么地说，我自然是乐于赞同的了。于是就收拾行李等件，草草入睡，预备明天早晨再起一个大早，驱车上雁荡去。

内蒙风光（节选）

老舍

    一九六一年夏天，我们——作家、画家、音乐家、舞蹈家、歌唱家等共二十来人，应内蒙古自治区乌兰夫同志的邀请，由中央文化部、民族事务委员会和中国文联进行组织，到内蒙古东部和西部参观访问了八个星期。陪同我们的是内蒙古文化局的布赫同志。他给我们安排了很好的参观的程序，使我们在不甚长的时间内看到林区、牧区、农区、渔场、风景区和工业基地；也看到了一些古迹、学校和展览馆；并且参加了各处的文艺活动，交流经验，互相学习。到处，我们都受到领导同志们和各族人民的欢迎与帮助，十分感激！以上作为小引。下面我愿分段介绍一些内蒙古风光。

林海

    这说的是大兴安岭。自幼就在地理课本上见到过这个山名，并且记住了它，或者是因为"大兴安岭"四个字的声音既响亮，又含有兴国安邦的意思吧。是的，这个悦耳的名字使我感到亲切、舒服。可是，那个"岭"字出了点岔子：我总以为它是奇峰怪石，高不可攀的。这回，有机会看到它，并且进到原始森林里边去，脚落在千年万

209

年积累的几尺厚的松针上，手摸到那些古木，才真的证实了那种亲切与舒服并非空想。

对了，这个"岭"字，可跟秦岭的"岭"字不大一样。岭的确很多，高点的，矮点的，长点的，短点的，横着的，顺着的，可是没有一条使人想起"云横秦岭"那种险句。多少条岭啊，在疾驰的火车上看了几个钟头，既看不完，也看不厌。每条岭都是那么温柔，虽然下自山脚，上至岭顶，长满了珍贵的林木，可是谁也不孤峰突起，盛气凌人。

目之所及，哪里都是绿的。的确是林海。群岭起伏是林海的波浪。多少种绿颜色呀：深的，浅的，明的，暗的，绿得难以形容，绿得无以名之。我虽诌了两句："高岭苍茫低岭翠，细林明媚母林幽"，但总觉得离眼前实景还相差很远。恐怕只有画家才能够写下这么多的绿颜色来吧？

兴安岭上千般宝，第一应夸落叶松。是的，这是落叶松的海洋。看，"海"边上不是还有些白的浪花吗？那是些俏丽的白桦，树干是银白色的。在阳光下，一片青松的边沿，闪动着白桦的银裙，不像海边上的浪花吗？

两山之间往往流动着清可见底的溪河，河岸上有多少野花呀。我是爱花的人，到这里我却叫不出那些花的名儿来。兴安岭多么会打扮自己呀：青松作衫，白桦为裙，还穿着绣花鞋呀。连树与树之间的空隙也不缺乏色彩：在松影下开着各种的小花，招来各色的小蝴蝶——它们很亲热地落在客人的身上。花丛里还隐藏着像珊瑚珠似的小红豆，兴安岭中酒厂所造的红豆酒就是用这些小野果酿成的，味道很好。

就凭上述的一些风光，或者已经足以使我们感兴安岭的亲切可爱了。还不尽然：谁进入岭中，看到那数不尽的青松白桦，能够不马上向四面八方望一望呢？有多少省市的建设与兴安岭完全没有关系呢？这么一想，"亲切"与"舒服"这种字样用来就大有根据了。所以，兴安岭越看越可爱！是的，我们在图画中或地面上看到奇山怪岭，也会发生一种美感，可是，这种美感似乎是起于惊异与好奇。兴安岭的可爱，就在于它美得并不空洞。它的千山一碧，万古长青，又恰恰好与广厦、良材联系起来。于是，它的美丽就与建设结为一体，不仅使我们拍掌称奇，而且叫心中感到温暖，因而亲切、舒服。

哎呀，是不是误投误撞跑到美学问题上来了呢？假若是那样，我想：把美与价值联系起来，也未必不好。我爱兴安岭，也更爱兴安岭与我们生活上的亲切关系。它的美丽不是孤立的，而是与我们的建设分不开的。它使不远千里而来的客人感到就爱护它，感谢它。

及至看到林场，这种亲切之感便更加深厚了。我们伐木取材，也造林护树，左手砍，右手栽。我们不仅取宝，也做科学研究，使林海不但能够万古长青，而且百计千方，综合利用。山林中已有了不少的市镇，给兴安岭添上了新的景色，添上了愉快的劳动歌声。人与山的关系日益密切，怎能使我们不感到亲切、舒服呢？我不晓得当初为什么管它叫作兴安岭，由今天看来，它的确含有兴国安邦的意义了。

草原

自幼就见过"天苍苍，野茫茫，风吹草低见牛羊"这类的词句。

这曾经发生过不太好的影响，使人怕到北边去。这次，我看到了草原。那里的天比别处的天更可爱，空气是那么清鲜，天空是那么明朗，使我总想高歌一曲，表示我的愉快。在天底下，一碧千里，而并不茫茫。四面都有小丘，平地是绿的，小丘也是绿的。羊群一会儿上了小丘，一会儿又下来，走在哪里都像给无边的绿毯镶上了白色的大花。那些小丘的线条是那么柔美，就像没骨画那样，只用绿色渲染，没有用笔勾勒，于是，到处翠色欲流，轻轻流入云际。这种境界，既使人惊叹，又叫人舒服，既愿久立四望，又想坐下低吟一首奇丽的小诗。在这境界里，连骏马与大牛都有时候静立不动，好像回味着草原的无限乐趣。紫塞，紫塞，谁说的？这是个翡翠的世界。连江南也未必有这样的景色啊！

我们访问的是陈巴尔虎旗的牧业公社。汽车走了一百五十华里，才到达目的地。一百五十里全是草原。再下次一百五十里，也还是草原。草原上行车至为洒脱，只要方向不错，怎么走都可以。初入草原，听不见一点声音，也看不见什么东西，除了一些忽飞忽落的小鸟。走了许久，远远地望见了迂回的明如玻璃的一条带子。河！牛羊多起来，也看到马群，隐隐有鞭子的轻响。快了，快到公社了。忽然，像被一阵风吹来的，远丘上出现了一群马，马上的男女老少穿着各色的衣裳，马疾驰，襟飘带舞，像一条彩虹向我们飞过来。这是主人来到几十里外，欢迎远客。见到我们，主人们立刻拨转马头，欢呼着，飞驰着，在汽车左右与前面引路。静寂的草原，热闹起来：欢呼声，车声，马蹄声，响成一片。车、马飞过了小丘，看见了几座蒙古包。

蒙古包外，许多匹马，许多辆车。人很多，都是从几十里外乘马或坐车来看我们的。我们约请了海拉尔的一位女舞蹈员给我们做翻译。她的名字漂亮——水晶花。她就是陈旗的人，鄂温克族。主人们下了马，我们下了车。也不知道是谁的手，总是热乎乎地握着，握住不散。我们用不着水晶花同志给做翻译了。大家的语言不同，心可是一样。握手再握手，笑了再笑。你说你的，我说我的，总的意思都是民族团结互助！

也不知怎的，就进了蒙古包。奶茶倒上了，奶豆腐摆上了，主客都盘腿坐下，谁都有礼貌，谁都又那么亲热，一点不拘束。不大会儿，好客的主人端进来大盘子的手抓羊肉和奶酒。公社的干部向我们敬酒，七十岁的老翁向我们敬酒。正是：

祝福频频难尽意，举杯切切莫相忘！

我们回敬，主人再举杯，我们再回敬。这时候鄂温克姑娘们，戴着尖尖的帽儿，既大方，又稍有点羞涩，来给客人们唱民歌。我们同行的歌手也赶紧唱起来。歌声似乎比什么语言都更响亮，都更感人，不管唱的是什么，听者总会露出会心的微笑。

饭后，小伙子们表演套马、摔跤，姑娘们表演了民族舞蹈。客人们也舞的舞，唱的唱，并且要骑一骑蒙古马。太阳已经偏西，谁也不肯走。是呀！蒙汉情深何忍别，天涯碧草话斜阳！

乌兰巴干同志在《草原新史》短篇小说集里描写了不少近几年来牧民生活的变化，文笔好，内容丰富，值得一读。我就不想再多说什么。可是，我又没法不再说几句，因为草原和牧民弟兄实在可爱！好，就拿蒙古包来说吧，从前每被呼为毡庐，今天却变了样，是用木条与草秆做成的，为是夏天住着凉爽，到冬天再改装。人的生活变了，草原上的一切都也随着变。看那马群吧，既有短小精悍的蒙古马，也有高大的新种三河马。这种大马真体面，一看就令人想起"龙马精神"类的话儿，并且想骑上它，驰骋万里。牛也改了种，有的重达千斤，乳房像小缸。牛肥草香乳如泉啊，并非浮夸。羊群里既有原来的大尾羊，也添了新种的短尾细毛羊，前者肉美，后者毛好。是的，人畜两旺，就是草原上的新气象之一。

渔场

这些渔场既不在东海，也不在太湖，而是在祖国的最北边，离满洲里不远。我说的是达赉湖。若是有人不信在边疆的最北边还能够打鱼，就请他自己去看看。到了那里，他就会认识到祖国有多么伟大，而内蒙古也并不仅有风沙和骆驼，像前人所说的那样。内蒙古不是什么塞外，而是资源丰富的宝地，建设祖国必不可缺少的宝地！

据说：这里的水有多么深，鱼有多么厚。我们吃到湖中的鱼，非常肥美。水好，所以鱼肥。有三条河流入湖中，而三条河都经过草原，所以湖水一碧千顷——草原青未了，又到绿波前。湖上飞翔着许多白鸥。在碧岸、翠湖、青天、白鸥之间游荡着渔船，何等迷人的美景！

我们去游湖。开船的一位广东青年，长得十分英俊，肩阔腰圆，一身都是力气。他热爱这座湖，不怕冬天的严寒，不管什么天南地北，兴高采烈地在这里工作。他喜爱文学，读过不少的文学名著。他不因喜爱文学而藏在温暖的图书馆里，他要碰碰北方冬季的坚冰，打出鱼来，支援各地。是的，内蒙古尽管有无穷的宝藏，若是没有人肯动手采取，便连鱼也会死在水里。可惜，我忘了这位好青年的姓名。我相信他会原谅我，他不会是因求名求利而到这里的。

风景区

扎兰屯真无愧是塞上的一颗珍珠。多么幽美那么明媚，也没有天山万古积雪的气势，可是它独具风格，幽美得迷人，它几乎没有什么人工的雕饰，只是纯系自然的那么一些山川草木。谁也指不出哪里是一"景"，可是谁也不能否认它处处美丽。它没有什么石碑，刻着什么什么烟树，或什么什么奇观。它只是那么纯朴地，大方地，静静地，等待着游人。没有游人呢，也没大关系。它并不有意地装饰起来，向游人索要诗词，它自己便充满了最纯朴的诗情词韵。

四面都有小山，既无奇峰，也没有古寺，只是那么静静地在青天下绣成一个翠环。环中间有一条河，河岸上这里多些，那里少些，随便地长着绿柳白杨。几头黄牛，一小群白羊，在有阳光的地方低着头吃草，并看不见牧童。也许有，恐怕是藏在柳荫下钓鱼呢。河岸是绿的。高坡也是绿的。绿色一直接上了远远的青山。这种绿色使人在梦里也忘不了，像细致地染在心灵里。

绿草中有多少花呀。石竹，桔梗，还有许多说不上名儿的，都那么毫不矜持地开着各色的花，吐着各种香味，招来无数的凤蝶，闲散而又忙碌地飞来飞去。既不必找小亭，也不必找石墩，就随便坐在绿地上吧。风儿多么清凉，日光可又那么和暖，使人在凉暖之间，想闭上眼睡去，所谓"陶醉"，也许就是这样吧？

夕阳在山，该回去了。路上到处还是那么绿，还有那么多的草木，可是总看不厌。这里有一片荞麦，开着密密的白花；那里有一片高粱，在微风里摇动着红穗。也必须立定看一看，平常的东西放在这里仿佛就与众不同，正是因为有些荞麦与高粱，我们才越觉得全部风景的自自然然，幽美而亲切。看，那间小屋上的金黄的大瓜哟！也得看好大半天，仿佛一向也没有看见过！

是不是因为扎兰屯在内蒙古，所以才把五分美说成十分呢？一点也不是！我们不便拿它和苏杭或桂林山水做比较，但是假若非比一比不可的话，最公平的说法便是各有千秋。"天苍苍，野茫茫"在这里越发显得不恰当了。我并非在这里单纯地宣传美景，我是要指出，并希望矫正以往对内蒙古的那种不正确的看法。知道了一点实际情况，像扎兰屯的美丽，或者就不至于再一听到"口外""关外"等名词，便想起八月飞雪，万里流沙，望而生畏了。

翡冷翠山居闲话

徐志摩

在这里出门散步去，上山或是下山，在一个晴好的五月的向晚，正像是去赴一个美的宴会，比如去一果子园，那边每株树上都是满挂着诗情最秀逸的果实，假如你单是站着看还不满意时，只要你一伸手就可以采取，可以恣尝鲜味，足够你性灵的迷醉。阳光正好暖和，决不过暖；风息是温驯的，而且往往因为他是从繁花的山林里吹度过来，他带来一股幽远的淡香，连着一息滋润的水汽，摩挲着你的颜面，轻绕着你的肩腰，就这单纯的呼吸已是无穷的愉快；空气总是明净的，近谷内不生烟，远山上不起霭，那美秀风景的全部正像画片似的展露在你的眼前，供你闲暇的鉴赏。

做客山中的妙处，尤在你永不须踌躇你的服色与体态；你不妨摇曳着一头的蓬草，不妨纵容你满腮的苔藓；你爱穿什么就穿什么；扮一个牧童，扮一个渔翁，装一个农夫，装一个走江湖的吉卜赛，装一个猎户；你再不必提心整理你的领结，你尽可以不用领结，给你的颈根与胸膛一半日的自由，你可以拿一条这边艳色的长巾包在你的头上，学一个太平军的头目，或是拜伦那埃及装的姿态；但最要紧的是穿上你最旧的旧鞋，别管他模样不佳，他们是顶可爱的好友，他们承

217

着你的体重却不叫你记起你还有一双脚在你的底下。

这样的玩顶好是不要约伴，我竟想严格地取缔，只许你独身；因为有了伴多少总得叫你分心，尤其是年轻的女伴，那是最危险、最专制不过的旅伴，你应得躲避她像你躲避青草里一条美丽的花蛇！平常我们从自己家里走到朋友的家里，或是我们执事的地方，那无非是在同一个大牢里从一间狱室移到另一间狱室去，拘束永远跟着我们，自由永远寻不到我们；但在这春夏间美秀的山中或乡间你要是有机会独身闲逛时，那才是你福星高照的时候，那才是你实际领受，亲口尝味，自由与自在的时候，那才是你肉体与灵魂行动一致的时候；朋友们，我们多长一岁年纪往往只是加重我们头上的枷，加紧我们脚胫上的链，我们见小孩子在草里在沙堆里在浅水里打滚作乐，或是看见小猫追他自己的尾巴，何尝没有羡慕的时候，但我们的枷，我们的链永远是制定我们行动的上司！所以只有你单身奔赴大自然的怀抱时，像一个裸体的小孩扑入他母亲的怀抱时，你才知道灵魂的愉快是怎样的，单是活着的快乐是怎样的，单就呼吸单就走道单就张眼看耸耳听的幸福是怎样的。因此你得严格地为己，极端地自私，只许你，体魄与性灵，与自然同在一个脉搏里跳动，同在一个音波里起伏，同在一个神奇的宇宙里自得。我们浑朴的天真是像含羞草似的娇柔，一经同伴的抵触，他就卷了起来，但在澄静的日光下，和风中，他的姿态是自然的，他的生活是无阻碍的。

你一个人漫游的时候，你就会在青草里坐地仰卧，甚至有时打滚，因为草的和暖的颜色自然地唤起你童稚的活泼；在静僻的道上你就会不自主地狂舞，看着你自己的身影幻出种种诡异的变相，因为道旁树木的阴影在他们纤徐的婆娑里暗示你舞蹈的快乐；你也会得信口的歌唱，偶尔记起断片的音调，与你自己随口的小曲，因为树林中的莺燕告诉你春光是应得赞美的；更不必说你的胸襟自然会跟着漫长的山径开拓，你的心地会看着澄蓝的天空静定，你的思想和着山壑间的水声，山罅里的泉响，有时一澄到底的清澈，有时激起成章的波动，流，流，流入凉爽的橄榄林中，流入妩媚的阿诺河去……

并且你不但不须应伴，每逢这样的游行，你也不必带书。书是理想的伴侣，但你应得带书，是在火车上，在你住处的客室里，不是在你独身漫步的时候。什么伟大的深沉的鼓舞的清明的优美的思想的根源不是可以在风籁中，云彩里，山势与地形的起伏里，花草的颜色与香息里寻得？自然是最伟大的一部书，葛德说，在他每一页的字句里我们读得最深奥的消息。并且这书上的文字是人人懂得的；阿尔帕斯与五老峰，雪西里与普陀山，莱茵河与扬子江；梨梦湖与西子湖，建兰与琼花，杭州西溪的芦雪与威尼市夕照的红潮，百灵与夜莺，更不提一般黄的黄麦，一般紫的紫藤，一般青的青草同在大地上生长，同在和风中波动——他们应用的符号是永远一致的，他们的意义是永远明显的，只要你自己性灵上不长疮瘢，眼不盲，耳不塞，这无形迹的最高等教育便永远是你的名分，这不取费的最珍贵的补剂便永远供你的受用；只要你认识了这一部书，你在这世界上寂寞时便不寂寞，穷困时不穷困，苦恼时有安慰，挫折时有鼓励，软弱时有督责，迷失时有南针。

富春江上

季羡林

记得在什么诗话上读到过两句诗：

> 到江吴地尽
>
> 隔岸越山多

诗话在作者认为是警句，我也认为是警句。但是当时我却只能欣赏诗句的意境，而没有丝毫感性认识。不意我今天竟亲身来到了钱塘江畔富春江上。极目一望，江水平阔，浩渺如海；隔岸青螺数点，微痕一抹，出没于烟雨迷蒙中。"隔岸越山多"的意境我终于亲临目睹了。

钱塘、富春都是具有诱惑力的名字。实际的情况比名字更有诱惑力。我们坐在一艘游艇上。江水青碧，水声淙淙。艇上偶见白鸥飞过，远处则是点点风帆。黑色的小燕子在起伏翻腾的碎波上贴水面飞行，似乎是在努力寻觅着什么。我虽努力探究，但也只见它们忙忙碌碌，匆匆促促，最终也探究不出，它们究竟在寻觅什么。岸上则是点点的越山，飞也似的向艇后奔。一点消逝了，又出现了新的一点，数十里连绵不断。难道诗句中的"多"字表现的就是这个意境吗？

　　眼中看到的虽然是当前的景色，但心中想到的却是历史的人物。谁到了这个吴越分界的地方不会立刻就想到古代的吴王夫差和越王勾践的冲突呢？当年他们钩心斗角互相角逐的情景，今天我们已经无从想象了。但是乱箭齐发、金鼓轰鸣的搏斗总归是有的。这种鏖兵的情况无论如何同这样的青山绿水也不能协调起来。人世变幻，今古皆然。在人类前进的程途上，这些都是不可避免的。但青山绿水却将永在。我们今天大可不必庸人自扰，为古人担忧，还是欣赏眼前的美景吧！

　　但是，我的幻想却不肯停止下来。我心头的幻想，一下子又变成了眼前的幻象。我的耳边响起了诗僧苏曼殊的两句诗：

　　　　春雨楼头尺八箫
　　　　何时归看浙江潮

　　这里不正是浙江钱塘潮的老家吗？我平生还没有看到浙江潮的福气。这两句诗我却是喜欢的，常常在无意中独自吟咏。今天来到钱塘江上，这两句诗仿佛是自己来到了我的耳边。耳边诗句一响，眼前潮水就涌了起来：

　　　　怒声汹汹势悠悠
　　　　罗刹江边地欲浮

漫道往来存大信

也知反覆向平流

任抛巨浸疑无底

猛过西陵只有头

至竟朝昏谁主掌

好骑赪鲤问阳侯

　　但是，幻象毕竟只是幻象。一转瞬间，"怒声汹汹"的江涛就消逝得无影无踪，眼前江水平阔，浩渺如海，隔岸青螺数点，微痕一抹，出没于烟雨迷蒙中。

　　可是竟完全出我意料：在平阔的水面上，在点点青螺上，竟又出现了一个人的影子。它飘浮飞驶，"翩若惊鸿，婉如游龙"，时隐时现，若即若离，追逐着海鸥的翅膀，跟随着小燕子的身影，停留在风帆顶上，飘动在波光潋滟中。我真是又惊又喜。"胡为乎来哉？"难道因为这里是你的家乡才出来欢迎我吗？我想抓住它；这当然是不可能的。我想正眼仔细看它一看；这也是不可能的。但它又不肯离开我，我又不能不看它。这真使我又是兴奋，又是沮丧；又是希望它飞近一点，又是希望它离远一点。我在徒唤奈何中看到它飘浮飞动，定睛敛神，只看到青螺数点，微痕一抹，出没于烟雨迷蒙中。

　　我们就这样到了富阳，这是我们今天艇游的终点。我们舍舟登陆，爬上了有名的鹳山。山虽不高，但形势极好。山上层楼叠阁，曲径通幽，花木扶疏，窗明几净。我们登上了春江第一楼，凭窗远望，富春江景色尽收眼底。因为高，点点风帆显得更小了，而水上的小燕子则小得无影无踪。想它们必然是仍然忙忙碌碌地在那里飞着，可惜我们一点也看不着，只能在这里想象了。山顶上树木参天，森然苍蔚。最使我吃惊的是参天的玉兰花树。碗大的白花在绿叶丛中探出头来，同北地的玉兰花一比，小大悬殊，颇使我这个北方人有点目瞪口呆了。

在山边上一座石壁下是名闻天下的严子陵钓台。宋朝大诗人苏东坡写的四个大字：登云钓月，赫然镌刻在石壁上。此地距江面相当远，钓鱼无论如何是钓不着的。遥想两千多年前，一个披着蓑衣的老头子，手持几十丈长的钓竿，垂着几十丈长的钓鱼丝，孤零零一个人，蹲在这石壁下，等候鱼儿上钩，一动也不动，宛如一个木雕泥塑。这样一幅景象，无论如何也难免有滑稽之感。古人说：姑妄言之姑听之，过分认真，反会大煞风景。难道宋朝的苏东坡就真正相信吗？此地自然风光，天下独绝，有此一个传说，更会增加自然风光的妩媚，我们就姑妄听之吧！

两年前，我曾畅游黄山。那里景色之奇丽瑰伟，使我大为惊叹。窃念大化造物，天造地设，独垂青于中华大地。我觉得身为一个中国人，是十分幸福的，是非常值得骄傲的。今天我又来到了富春江上。这里景色明丽，秀色天成，同样是美，但却与黄山形成了鲜明的对照。如果允许我借用一个现成的说法的话，那么一个是阳刚之美，一个是阴柔之美。刚柔不同，其美则一，同样使我惊叹。我们祖国大地，江山如此多娇，我的幸福之感，骄傲之感，更油然而生。我眼前的富春江在我眼中更增加了明丽，更增加了妩媚，仿佛是一条天上的神江了。

在这里，我忽然想到唐代诗人孟浩然的一首著名的诗《宿桐庐江寄广陵旧游》：

山暝听猿愁

沧江急夜流

风鸣两岸叶

月照一孤舟

建德非吾土

维扬忆旧游

还将两行泪

遥寄海西头

孟浩然说"建德非吾土"，在当时的情况下，这种心情是容易理解的。他忆念广陵，便觉得建德非吾土。到了今天，我们当然不会再有这样的感觉了。我觉得桐庐不但是"吾土"，而且是"吾土"中的精华。同黄山一样，有这样的"吾土"就是幸福的根源。非吾土的感觉我是有过的。但那是在国外，比如说瑞士。那里的山水也是十分神奇动人的，我曾为之颠倒过，迷惑过。但一想到"山川信美非吾土"，我就不禁有落寞之感。今天在富春江上，我丝毫也不会有什么落寞之感。正相反，我是越看越爱看，越爱看便越觉得幸福，在这风物如画的江上，我大有手舞足蹈之意了。

我当然也还感到有点美中不足。我从小就背诵梁代大文学家吴均的一篇名作《与朱元思书》。这封信里描绘的正是富春江的风景：

> 风烟俱净，天山共色。从流飘荡，任意东西。自富阳至桐庐一百许里，奇山异水，天下独绝。

下面就是对这"奇山异水"的描绘。那确是非常动人的。然而他讲的是"自富阳至桐庐"，我今天刚刚到了富阳，便戛然而止。好像是一篇绝妙的文章，只读了一个开头。这难道不是天大的憾事吗？然而，这一件憾事也自有它的绝妙之处，妙在含蓄。我知道前面还有更奇丽的景色，偏偏今天就不让你看到。我望眼欲穿，向着桐庐的方向望去，根据吴均的描绘，再加上我自己的幻想，把那一百多里的奇山异水给自己描绘得如阆苑仙境，自己感到无比的快乐，我的心好像就在这些奇山异水上飞驰。等到我耳边听到有点嘈杂声，是同伴们准备回去的时候了。我抬眼四望，唯见青螺数点，微痕一抹，出没于烟雨迷蒙中。

白马湖

今天是个下雨的日子。这使我想起了白马湖；因为我第一回到白马湖，正是微风飘萧的春日。

白马湖在甬绍铁道的驿亭站，是个极小极小的乡下地方。在北方说起这个名字，管保一百个人一百个人不知道。但那却是一个不坏的地方。这名字先就是一个不坏的名字。据说从前（宋时？）有个姓周的骑白马入湖仙去，所以有这个名字。这个故事也是一个不坏的故事。假使你乐意搜集，或也可编成一本小书，交北新书局印去。

白马湖并非圆圆的或方方的一个湖，如你所想到的，这是曲曲折折大大小小许多湖的总名。湖水清极了，如你所能想到的，一点儿不含糊像镜子。沿铁路的水，再没有比这里清的，这是公论。遇到旱年的夏季，别处湖里都长了草，这里却还是一清如故。白马湖最大的，也是最好的一个，便是我们住过的屋的门前那一个。那个湖不算小，但湖口让两面的山包抄住了。外面只见微微的碧波而已，想不到有那么大的一片。湖的尽里头，有一个三四十户人家的村落，叫作西徐岙，因为姓徐的多。这村落与外面本是不相通的，村里人要出来得撑船。后来春晖中学在湖边造了房子，这才造了两座玲珑的小木桥，筑起一道煤屑路，直通到驿亭车站。那是窄窄的一条人行路，蜿蜒曲折的，路上虽常不见人，走起来却不见寂寞尤其在微雨的春天，一个初到的来客，他左顾右盼，是只有觉得热闹的。

春晖中学在湖的最胜处，我们住过的屋也相去不远，是半西式。湖光山色从门里从墙头进来，到我们窗前、桌上。我们几家接连着；丏翁的家最讲究。屋里有名人字画，有古瓷，有铜佛，院子里满种着花。屋子里的陈设又常常变换，给人新鲜的受用。他有这样好的屋子，又是好客如命，我们便不时地上他家里喝老酒。丏翁夫人的烹调也极好，每回总是满满的盘碗拿出来，空空的收回去。白马湖最好的时候是黄昏。湖上的山笼着一层青色的薄雾，在水里映着参差的模糊的影子。水光微微地暗淡，像是一面古铜镜。轻风吹来，有一两缕波纹，但随即平静了。天上偶见几只归鸟，我们看着它们越飞越远，直到不见为止。这个时候便是我们喝酒的时候。我们说话很少；上了灯话才多些，但大家都已微有醉意，是该回家的时候了。若有月光也许还得徘徊一会儿；若是黑夜，便在暗里摸索醉着回去。

白马湖的春日自然最好。山是青得要滴下来，水是满满的、软软的。小马路的两边，一株间一株地种着小桃与杨柳。小桃上各缀着几朵重瓣的红花，像夜空的疏星。杨柳在暖风里不住地摇曳。在这路上走着，时而听见锐而长的火车的笛声是别有风味的。在春天，不论是晴是雨，是月夜是黑夜，白马湖好。——雨中田里菜花的颜色最早鲜艳；黑夜虽什么不见，但可静静地受用春天的力量。夏夜也有好处，有月时可以在湖里划小船，四面满是青霭。船上望别的村庄，像是蜃．

楼海市，浮在水上，迷离惝恍的；有时听见人声或犬吠，大有世外之感。若没有月呢，便在田野里看萤火。那萤火不是一星半点的，如你们在城中所见；那是成千成百的萤火。一片儿飞出来，像金线网似的，又像耍着许多火绳似的。只有一层使我愤恨。那里水田多，蚊子太多，而且几乎全闪闪烁烁是疟蚊子。我们一家都染上了疟疾，至今三四年了，还有未断根的。蚊子多足以减少露坐夜谈或划船夜游的兴致，这未免是美中不足了。

离开白马湖是三年前的一个冬日。前一晚"别筵"上，有丐翁与云君。我不能忘记丐翁，那是一个真挚豪爽的朋友。但我也不能忘记云君，我应该这样说，那是一个可爱的——孩子。

第七辑

——

人间种种美好,

不了不断

我有许多话都倒咽了下去,他也许也有许多话想说而未说。我静静地望着他,在数着他的呼吸,不忍离开。一离开了,谁知道是不是便永别了呢?

给亡妇

朱自清

谦，日子真快，一眨眼你已经死了三个年头了。这三年里世事不知变化了多少回，但你未必注意这些个，我知道。你第一惦记的是你几个孩子，第二便轮着我。孩子和我平分你的世界，你在日如此；你死后若还有知，想来还如此的。告诉你，我夏天回家来着：迈儿长得结实极了，比我高一个头。闰儿父亲说是最乖，可是没有先前胖了。采芷和转子都好。五儿全家夸她长得好看；却在腿上生了湿疮，整天坐在竹床上不能下来，看了怪可怜的。六儿，我怎么说好，你明白，你临终时也和母亲谈过，这孩子是只可以养着玩儿的，他左挨右挨，去年春天，到底没有挨过去。这孩子生了几个月，你的肺病就重起来了。我劝你少亲近他，只监督着老妈子照管就行。你总是忍不住，一会儿提，一会儿抱的。可是你病中为他操的那一份儿心也够瞧的。那一个夏天他病的时候多，你成天儿忙着，汤呀，药呀，冷呀，暖呀，连觉也没有好好儿睡过。哪里有一分一毫想着你自己。瞧着他硬朗点儿你就乐，干枯的笑容在黄蜡般的脸上，我只有暗中叹气而已。

从来想不到做母亲的要像你这样。从迈儿起，你总是自己喂乳，一连四个都这样。你起初不知道按钟点儿喂，后来知道了，却又弄不惯；孩子们每夜里几次将你哭醒了，特别是闷热的夏季。我瞧你的觉老没睡足。白天里还得做菜，照料孩子，很少得空儿。你的身子本来坏，四个孩子就累你七八年。到了第五个，你自己实在不成了，又没乳，只好自己喂奶粉，另雇老妈子专管她。但孩子跟老妈子睡，你就没有放过心；夜里一听见哭，就竖起耳朵听，工夫一大就得过去看。十六年初，和你到北京来，将迈儿，转子留在家里；三年多还不能去接他们，可真把你惦记苦了。你并不常提，我却明白。你后来说你的病就是惦记出来的；那个自然也有份儿，不过大半还是养育孩子累的。你的短短的十二年结婚生活，有十一年耗费在孩子们身上；而你一点不厌倦，有多少力量用多少，一直到自己毁灭为止。你对孩子一般儿爱，不问男的女的，大的小的。也不想到什么"养儿防老，积谷防饥"，只拼命地爱去。你对于教育老实说有些外行，孩子们只要吃得好玩得好就成了。这也难怪你，你自己便是这样长大的。况且孩子们原都还小，吃和玩本来也要紧的。你病重的时候最放不下的还是孩子。病得只剩皮包着骨头了，总不信自己不会好；老说："我死了，这一大群孩子可苦了。"后来说送你回家，你想着可以看见迈儿和转子，也愿意；你万不想到会一走不返的。我送车的时候，你忍不住哭了，说："还不知能不能再见？"可怜，你的心我知道，你满想着好好儿带着六个孩子回来见我的。谦，你那时一定这样想，一定的。

　　除了孩子，你心里只有我。不错，那时你父亲还在；可是你母亲死了，他另有个女人，你老早就觉得隔了一层似的。出嫁后第一年你虽还一心一意依恋着他老人家，到第二年上我和孩子可就将你的心占住，你再没有多少工夫惦记他了。你还记得第一年我在北京，你在家里。家里来信说你待不住，常回娘家去。我动气了，马上写信责备你。你教人写了一封复信，说家里有事，不能不回去。这是你第一次也可以说第末次的抗议，我从此就没给你写信。暑假时带了一肚子主意回去，但见了面，看你一脸笑，也就拉倒了。打这时候起，你渐渐从你父亲的怀里跑到我这儿。你换了金镯子帮助我的学费，叫我以后还你；但直到你死，我没有还你。你在我家受了许多气，又因为我家的缘故受你家里的气，你都忍着。这全为的是我，我知道。那回我从家乡一个中学半途辞职出走。家里人讽你也走。哪里走！只得硬着头皮往你家去。那时你家像个冰窖子，你们在窖里足足住了三个月。好容易我才将你们领出来了，一同上外省去。小家庭这样组织起来了。你虽不是什么阔小姐，可也是自小娇生惯养的，做起主妇来，什么都得干一两手；你居然做下去了，而且高高兴兴地做下去了。菜照例满是你做，可是吃的都是我们；你至多夹上两三筷子就算了。你的菜做得不坏，有一位老在行大大地夸奖过你。你洗衣服也不错，夏天我的绸大褂大概总是你亲自动手。你在家老不乐意闲着；坐前几个"月子"，老是四五天就起床，说是躺着家里事没条没理的。其实你起来也还不是没条理；咱们家那么多孩子，哪儿来条理？在浙江住的时候，逃过两回兵难，我都在北平。真亏你领着母亲和一群孩子东藏西躲的；末一回还要走多少里路，翻一道大岭。这两回差不多只靠你一个人。你不但带了母亲和孩子们，还带了我一箱箱的书；你知道我是最爱书的。在短短的十二年里，你操的心比人家一辈子还多；谦，你那样身子怎么经得住！你将我的责任一股脑儿担负了去，压死了你；我如何对得起你！

你为我的劳什子书也费了不少神；第一回让你父亲的男用人从家乡捎到上海去。他说了几句闲话，你气得在你父亲面前哭了。第二回是带着逃难，别人都说你傻子。你有你的想头："没有书怎么教书？况且他又爱这个玩意儿。"其实你没有晓得，那些书丢了也并不可惜；不过教你怎么晓得，我平常从来没和你谈过这些个！总而言之，你的心是可感谢的。这十二年里你为我吃的苦真不少，可是没有过几天好日子。我们在一起住，算来也还不到五个年头。无论日子怎么坏，无论是离是合，你从来没对我发过脾气，连一句怨言也没有。别说怨我，就是怨命也没有过。老实说，我的脾气可不大好，迁怒的事儿有的是。那些时候你往往抽噎着流眼泪，从不回嘴，也不号啕。不过我也只信得过你一个人，有些话我只和你一个人说，因为世界上只你一个人真关心我，真同情我。你不但为我吃苦，更为我分苦；我之有我现在的精神，大半是你给我培养着的。这些年来我很少生病。但我最不耐烦生病，生了病就呻吟不绝，闹那伺候病的人。你是领教过一回的，那回只一两点钟，可是也够麻烦了。你常生病，却总不开口，挣扎着起来；一来怕搅我，二来怕没人做你那份儿事。我有一个坏脾气，怕听人生病，也是真的。后来你天天发烧，自己还以为南方带来的疟疾，一直瞒着我。明明躺着，听见我的脚步，一骨碌就坐起来。我渐渐有些奇怪，让大夫一瞧，这可糟了，你的一个肺已烂了一个大窟窿了！大夫劝你到西山去静养，你丢不下孩子，又舍不得钱；劝你

233

在家里躺着，你也丢不下那份儿家务。越看越不行了，这才送你回去。明知凶多吉少，想不到只一个月工夫你就完了！本来盼望还见得着你，这一来可拉倒了。你也何尝想到这个？父亲告诉我，你回家独住着一所小住宅，还嫌没有客厅，怕我回去不便哪。

前年夏天回家，上你坟上去了。你睡在祖父母的下首，想来还不孤单的。只是当年祖父母的坟太小了，你正睡在圹底下。这叫作"抗圹"，在生人看来是不安心的；等着想办法哪。那时圹上圹下密密地长着青草，朝露浸湿了我的布鞋。你刚埋了半年多，只有圹下多出一块土，别的全然看不出新坟的样子。我和隐今夏回去，本想到你的坟上来；因为她病了没来成。我们想告诉你，五个孩子都好，我们一定尽心教养他们，让他们对得起死了的母亲你！谦，好好儿放心安睡吧，你。

小病

老舍

大病往往离死太近，一想便寒心，总以不患为是。即使承认病死比杀头活埋剥皮等死法光荣些，到底好死不如歹活着。半死不活的味道使盖世的英雄泪下如涌呀。拿死吓唬任何生物是不人道的。大病专会这么吓唬人，理当回避，假若不能扫除净尽。

可是小病便当另作一说了。山上的和尚思凡，比城里的学生要厉害许多。同样，楚霸王不害病则没得可说，一病便了不得。生活是种律动，须有光有影，有左有右，有晴有雨；滋味就含在这变而不猛的曲折里。微微暗些，然后再明起来，则暗得有趣，而明乃更明；且至明过了度，忽然烧断，如百烛电灯泡然。这个，照直了说，便是小病的作用。常患些小病是必要的。

所谓小病，是在两种小药的能力圈内，阿司匹林与清瘟解毒丸是也。这两种药所不治的病，顶好快去请大夫，或者立下遗嘱，备下棺材，也无所不可，咱们现在讲的是自己能当大夫的"小"病。这种小病，平均每个半月犯一次就挺合适。一年四季，平均犯八次小病，大概不会再患什么重病了。自然也有爱患完小病再患大病的人，那是个人的自由，不在话下。

235

咱们说的这类小病很有趣。健康是幸福；生活要趣味。所以应当讲说一番：

小病可以增高个人的身份。不管一家大小是靠你吃饭，还是你白吃他们，日久天长，大家总对你冷淡。假若你是挣钱的，你越尽责，人们越挑眼，好像你是条黄狗，见谁都得连忙摆尾；一尾没摆到，即使不便明言，也暗中唾你几口。不大离的你必得病一回，必得！早晨起来，哎呀，头疼！买清瘟解毒丸去，还有阿司匹林吗？不在乎要什么，要的是这个声势，狗的地位提高了不知多少。连懂点事的孩子也要闭眼想想了——这棵树可是倒不得呀！你在这时节可以发散发散狗的苦闷了，卫生的要术。你若是个白吃饭的，这个方法也一样灵验。特别是妈妈与老嫂子，一见你真需要阿司匹林，她们会知道你没得到你所应得的尊敬，必能设法安慰你：去听听戏，或带着孩子们看电影去吧？她们诚意地向你商量，本来你的病是吃小药饼或看电影都可以治好的，可是你的身份高多了呢。在朋友中，社会中，光景也与此略同。

此外，小病两日而能自己治好，是种精神的胜利。人就是别投降给大夫。无论国医西医，一律招惹不得。头疼而去找西医，他因不能断证——你的病本来不算什么——一定嘱告你住院，而后详加检验，发现了你的小脚指头不是好东西，非割去不可。十天之后，头疼确是好了，可是足指剩了九个。国医文明一些，不提小脚指头这一层，而说你气虚，一开便是二十味药，他越摸不清你的脉，越多开药，意在把病吓跑。就是不找大夫。预防大病来临，时时以小病发散之，而小病自己会治，这就等于"吃了萝卜喝热茶，气得大夫满街爬"！

有宜注意者：不当害这种病时，别害。头疼，大则失去一个王位，小则能惹出是非。设个小比方：长官约你陪客，你说头疼不去，其结果有不易消化者。怎样利用小病，须在全部生活艺术中搜求出来。看清机会，而后一想象，乃由无病而有病，利莫大焉。

这个，从实际上看，社会上只有一部分人能享受，差不多是一种雅好的奢侈。可是，在一个理想国里，人人应该有这个自由与享受。自然，在理想国内也许有更好的办法；不过，什么办法也不及这个浪漫，这是小品病。

死的浮想

但是，我心中并没有真正达到我自己认为的那样的平静，对生死还没有能真正置之度外。

就在住进病房的第四天夜里，我已经上了床躺下，在尚未入睡之前我偶尔用舌尖舔了舔上颚，蓦地舔到了两个小水泡。这本来是可能已经存在的东西，只是没有舔到过而已。今天一旦舔到，忽然联想起邹铭西大夫的话和李恒进大夫对我的要求，舌头仿佛被火球烫了一下，立即紧张起来。难道水泡长到咽喉里面来了吗？

我此时此刻迷迷糊糊，思维中理智的成分已经所余无几，剩下的是一些接近病态的本能的东西。一个很大的"死"字突然出现在眼前，在我头顶上飞舞盘旋。在燕园里，最近十几年来我常常看到某一个老教授的门口开来救护车，老教授登车的时候心中作何感想，我不知道，但是，在我心中，我想到的却是"风萧萧兮易水寒，壮士一去兮不复还"。事实上，复还的人确实少到几乎没有。我今天难道也将变成了荆轲吗？我还能不能再见到我离家时正在十里飘香绿盖擎天的季荷呢！我还能不能再看到那一个对我依依不舍的白色的波斯猫呢？

其实，我并不是怕死。我一向认为，我是一个几乎死过一次

238

的人。

一个人临死前的心情，我完全有感性认识。我当时心情异常平静，平静到一直到今天我都难以理解的程度。老祖和德华谁也没有发现，我的神情有什么变化。我对自己这种表现感到十分满意，我自认已经参透了生死奥秘，渡过了生死大关，而沾沾自喜，认为自己已经修养得差不多了，已经大大地有异于常人了。

然而黄铜当不了真金，假的就是假的，到了今天，三十多年已经过去了，自己竟然被上颚上的两个微不足道的小水泡吓破了胆，使自己的真相完全暴露于光天化日之下，这完全出乎我的意料。我自己辩解说，那天晚上的行动只不过是一阵不正常的歇斯底里爆发。但是正常的东西往往寓于不正常之中。我虽已经痴长九十二岁，但对人生的参透还有极长的距离。今后仍须加紧努力。

死之默想

周作人

四世纪时希腊厌世诗人巴拉达思作有一首小诗道,

(Polla laleis, anthrōpe.——Palladas)

"你太饶舌了,人呵,不久将睡在地下;住口罢,你生存时且思索那死。"

这是很有意思的话。关于死的问题,我无事时也曾默想过,(但不坐在树下,大抵是在车上,)可是想不出什么来,——这或者因为我是个"乐天的诗人"的缘故吧。但其实我何尝一定崇拜死,有如曹慕管君,不过我不很能够感到死之神秘,所以不觉得有思索十日十夜之必要,于形而上的方面也就不能有所饶舌了。

窃察世人怕死的原因,自有种种不同,"以愚观之"可以定为三项,其一是怕死时的苦痛,其二是舍不得人世的快乐,其三是顾虑家族。苦痛比死还可怕,这是实在的事情。十多年前有一个远房的伯母,十分困苦,在十二月底想投河寻死,(我们乡间的河是经冬不冻的,)但是投了下去,她随即走了上来,说是因为水太冷了。有些人要笑她痴也未可知,但这却是真实的人情。倘若有人能够切实保证,诚如某生物学家所说,被猛兽咬死痒苏苏的很是愉快,我想一定有许多人裹粮入山去投身饲饿虎的了。可惜这一层不能担保，有些对于别项已无留恋的人因此也就不得不稍为踌躇了。

顾虑家族，大约是怕死的原因中之较小者，因为这还有救治的方法。将来如有一日，社会制度稍加改良，除施行善种的节制以外，大家不问老幼可以各尽所能，各取所需，凡平常衣食住，医药教育，均由公给，此上更好的享受再由个人的努力去取得，那么这种顾虑就可以不要，便是夜梦也一定平安得多了。不过我所说的原是空想，实现还不知在几十百千年之后，而且到底未必实现也说不定，那么也终是远水不救近火，没有什么用处。比较确实的办法还是设法发财，也可以救济这个忧虑。为得安闲的死而求发财，倒是很高雅的俗事；只是发财大不容易，不是我们都能做的事，况且天下之富人有了钱便反死不去，则此亦颇有危险也。

人世的快乐自然是很可贪恋的，但这似乎只在青年男女才深切地感到，像我们将近"不惑"的人，尝过了凡人的苦乐。此外别无想做皇帝的野心，也就不觉得还有舍不得的快乐。我现在的快乐只是想在闲时喝一杯清茶，看点新书（虽然近来因为政府替我们储蓄，手头只有买茶的钱），无论他是讲虫鸟的歌唱，或是记贤哲的思想，古今的刻绘，都足以使我感到人生的欣幸。然而朋友来谈天的时候，也就放下书卷，何况"无私神女"（Atropos）的命令呢？我们看路上许多乞丐，都已没有生人乐趣，却是苦苦地要活着，可见快乐未必是怕死的重大原因：或者舍不得人世的苦辛也足以叫人留恋这个尘世吧。讲到他们，实在已是了无牵挂，大可"来去自由"，实际却不能如此，倘若不是为了上边所说的原因，一定是因为怕河水比彻骨的北风更冷的缘故了。

对于"不死"的问题，又有什么意见呢？因为少年时当过五六年的水兵，头脑中多少受了唯物论的影响，总觉得造不起"不死"这个观念来，虽然我很喜欢听荒唐的神话。即使照神话故事所讲，那种长生不老的生活我也一点儿都不喜欢。住在冷冰冰的金门玉阶的屋里，吃着五香牛肉一类的麟肝凤脯，天天游手好闲，不在松树下着棋，便同金童玉女厮混，也不见得有什么趣味，况且永远如此，更是单调而且困倦了。又听人说，仙家的时间是与凡人不同的，诗云"山中方七日，世上已千年"，所以烂柯山下的六十年在棋边只是半个时辰耳，哪里会有日子太长之感呢？但是由我看来，仙人活了二百万岁也只抵得人间的四十春秋，这样浪费时间无裨实际的生活，殊不值得费尽了心机去求得他；倘若二百万年后劫波到来，就此溘然，将被五十岁的凡夫所笑。较好一点的还是那西方凤鸟（Phoenix）的办法，活上五百年，便尔蜕去，化为幼凤，这样的轮回倒很好玩的，——可惜他们是只此一家，别人不能仿作。大约我们还只好在这被容许的时光中，就这平凡的境地中，寻得些许的安闲悦乐，即是无上幸福；至于"死后，如何？"的问题，乃是神秘派诗人的领域，我们平凡人对于成仙做鬼都不关心，于此自然就没有什么兴趣了。

韬奋的最后

郑振铎

　　韬奋的身体很衰弱，但他的精神却是无比的踔厉。他自香港撤退，历尽了苦辛，方才到了广东东江一带地区。在那里住了一时，还想向内地走。但听到一种不利于他的消息，只好改道到别的地方去。天苍苍，地茫茫，自由的祖国，难道竟摈绝着他这样一位为祖国的自由而奋斗的子孙吗？

　　他在这个时候，开始感觉到耳内作痛，头颅的一边，也在隐隐作痛。但并不以为严重。医生们都看不出这是什么病。

　　他要写文章，但一在提笔思索，便觉头痛欲裂。这时候，他方才着急起来，急于要到一个医诊方便的地方就医。于是间关奔驰，从浙东悄悄地到了上海。为了敌人们对于他是那样的注意，他便不得不十分的谨慎小心。知道他的行踪的人极少。

　　他改换了一个姓名，买到了市民证，在上海某一个医院里就医。为了安全与秘密，后来又迁徙了一二个医院。

　　他的病情一天天地坏。整个脑壳都在作痛，痛得要炸裂开来，痛得他终日夜不绝地呻吟着。鼻孔里老淌着脓液。他不能安睡，也不能起坐。

医生断定他患的是脑癌，一个可怕的绝症。在现在的医学上，还没有有效的医治方法。但他自己并不知道。他的夫人跟随在他身边。医生告诉她：他至多不能活到两星期。但他在病苦稍闲的时候，还在计划着以后的工作。他十分焦急地在等候他的病的离体。他觉得祖国还十分的需要着他，还在急迫地呼唤着他。他不能放下他的担子。

有一个短时期，他竟觉得自己仿佛好了些。他能够起坐，能够谈话，甚至能够看报。医生也惊奇起来，觉得这是一个奇迹：在病理上被判定了死刑和死期的人怎么还会继续地活下去，而且仿佛有倾向于痊愈的可能，医生觉得有点不可思议。

这时期，他谈了很多话，拟订了很周到的计划。但他也想到，万一死了时，他将怎样指示他的家属们和同伴们。他要他的一位友人写下了他的遗嘱。但他却是绝对地不愿意死。他要活下去，活下去为祖国而工作。他想用现代的医学，使他能够继续地活下去。

他有句很沉痛的话，道："我刚刚看见了真理，刚刚找到了自己要走的路，难道便这样地死了吗？"

没有一个人比他更真实地需要生命，不是为了自己，而是为了真理，而是为了祖国。

他的精神的力量，使他的绝症支持了半年之久。

到了最后，病状蔓延到了喉头。他咽不下任何食物，连流汁的东西也困难。只好天天打葡萄糖针，以延续他的生命。

他不能坐起来。他不断地呻吟着。整个头颅，像在火焰上烤，像用钢锯在解锯，像用斧子在劈，用大棒在敲打，那痛苦是超出于人类所能忍受的。他的话开始有些模糊不清。然而他还想活下去。他还想，他总不至于这样地死去的。

他的夫人自己动手为他打安眠药的针，几乎不断地连续地打。打了针，他才可以睡一会儿。暂时从剧痛中解放出来。刚醒过来的时候，精神比较好，还能够说几句话。但隔了几分钟，一阵阵的剧痛又来袭击着他了。

他的几个朋友觉到最后的时间快要到来，便设法找到我蛰居的地方，要我去看望他。我这时候才第一次知道他在上海和他的病情。

我们到了一条冷僻的街上，一所很清静的小医院，走了进去。静悄悄的一点声息都没有。自己可以听见自己呼吸的声音。

我们推开病室的门，他夫人正悄悄地坐在一张椅上，见我们进来，点点头，悄悄地说道："正打完针，睡着了呢。"

"昨夜的情形怎样？"

"同前两天相差不了多少。"

"今早打过几回针？"

"已经打了三次了。"

这种针本来不能多打，然而他却依靠着这针来减轻他的痛楚。医生们决不肯这样连续地替他打的，所以只好由他夫人自己动手了。

我带着沉重的心，走近病床。从纱帐外望进去，已经不大认识，躺在那里的便是韬奋他自己了。因为好久不剃，胡须已经很长。面容瘦削苍白得可怕。胸部简直一点肉都没有，隔着医院特用的白单被，根根肋骨都隆起着。双腿瘦小得像两根小木棒。他闭着双眼，呼吸还相当匀和。

我不敢说一句话，静静地在等候他的醒来。

小桌上的大鹏钟在滴答滴答地一秒一秒地走着。

窗外是一片灰色的光，一个阴天，没有太阳，也没有雨，也没有风。小麻雀在叽叽地叫着，好像只有它们在享受着生命。

等了很久，我觉得等了很久，韬奋在转侧了，呻吟了，脓水不断地从鼻孔中流出，他夫人用棉花拭干了它。他睁开了眼，眼光还是有神的。他看到了我，微弱地说道："这些时候过得还好吧？"几乎是一个字一个字挣扎出来的。

我说："没有什么，只是躲藏着不出来。"

他大睁了眼睛还要说什么，可是痛楚来了，他咬着牙，一阵阵地痉挛，终于爆出了叫喊。

"你好好地养着病吧，不要多说话了。"我忍住了我要问他的话，那么多要说的话。连忙离开了他的床前，怕增加他的痛楚。

"替我打针吧。"他呻吟地说道。

他夫人只好又替他打了一针。

于是隔了一会儿，他又闭上了眼沉沉睡去。

病房里恢复了沉寂。

我有许多话都倒咽了下去，他也许也有许多话想说而未说。我静静地望着他，在数着他的呼吸，不忍离开。一离开了，谁知道是不是便永别了呢？

"我们走吧。"那位朋友说，我才蓦然地从沉思中醒来。我们向他夫人悄悄说声再会，轻轻地掩上了门，退了出来。

"恐怕不会有希望的了。"我道。

"但他是那么样想活下去呢！"那个朋友道。

我恨着现代的医学者为什么至今还不曾发明出一种治癌症的医方，我怨着为什么没有一个医生能够设法治愈了他的这个绝症。

我祷求着，但愿有一个神迹出现，能使这个祖国的斗士转危为安。

隔了十多天没有什么消息。我没有能再去探望他，恐怕由我身上带给他麻烦。

有一天，那位朋友又来了，说道："韬奋昨天晚上已经故世了！今天下午在上海殡仪馆大殓。"

我震动了一下，好几秒钟说不出一句话来。

我低了头，默默地为他致哀。

固然我晓得他要死，然而我感觉他不会死，不应该死。

他为了祖国，用尽了力量，要活下去，然而他那绝症却不容许多活若干时候。

他是那样地不甘心地死去！

我从来没有看见像他那样的和死神搏斗得那么厉害的人。医生们断定了一二星期死去的人，然而他却继续地活了半年。直到最后，他还想活着，还想活着为祖国而工作！

这是何等的勇气，何等的毅力！忍受着半年的为人类所不能忍受的苦，夜以继日地忍受着，呻吟着，只希望赶快愈好，只愿着有一天能够愈好，能够为祖国做事。

然而他斗不过死神！抱着无穷的遗憾而死去！

他仍用他的假名入殓，用他的假名下葬，生怕敌人们的觉察。后来，韬奋死的消息，辗转地从内地传出；却始终只有极少数的人知道他是死在上海的。敌人们努力地追寻着邹韬奋的线索，不问生的或死的，然而他们在这里却失败了！他们的爪牙永远伸不进爱国者们的门缝里去！他们始终迷惘着邹韬奋的生死和所在地的问题。

到了今天，我们可以成群地携着鲜花到韬奋墓地上凭吊了！凭吊着这位至死还不甘就死的爱祖国的斗士！

死亡，你不要骄傲

余光中

　　六十年代刚开始，死亡便有好几次丰收。海明威。福克纳。胡适。康明思。现在轮到佛洛斯特。当一些灵魂如星般升起，森森然，各就各位，为我们织一幅怪冷的永恒的图案，一些躯体像经霜的枫叶，落了下来。人类的历史就是这样：一些躯体变成一些灵魂，一些灵魂变成一些名字。好几克拉的射着青芒的名字。称一称人类的历史看，有没有一斗的名字？就这么俯践枫叶，仰望星座，我们愈来愈寂寞了。死亡，你把这些不老的老头子摘去做什么？你把胡适摘去做什么？你把佛洛斯特的银发摘去做什么？

　　见到满头银发的佛洛斯特，已是四年前的事了。在老诗人皑皑的记忆之中，想必早已没有那位东方留学生的影子。可是四年来，那位东方青年几乎每天都记挂着他。他的名字，几乎没有间断地出现在报上。他在美国总统的就职大典上朗诵 The Gift Outright（全心的赠予）；他在白宫的盛宴上和美丽的杰克琳娓娓谈心；他访俄，他访以色列。他在这些场合的照片，常出现在英文的刊物上。有一张照片——那是世界上仅有的一张——在我书房的墙上俯视着我。哪，现在，当我写悼念他的文章时，他正在望我。在我，这张照片已经变成

249

辟邪的灵物了。

那是一九五九年。八十五岁的老诗人来我们学校访问。在那之前，佛洛斯特只是美国现代诗选上一个赫赫有声的名字。四月十三号那天，那名字还原成了那人，还原成一个微驼略秃但神采奕奕的老叟，还原成一座有弹性的花岗岩，一株仍然很帅的霜后的银桦树，还原成一出有幽默感的悲剧，一个没忘记如何开玩笑的斯多伊克。

那天我一共见到他三次。第一次是在下午，在艾奥瓦大学的一间小教室里。我去迟了，只能见到他半侧的背影。第二次是在当晚的朗诵会上，在挤满了三千听众的大厅上，隔了好几十排的听众。第三次已经深夜，在安格尔教授的家中，我和他握了手，谈了话，请他在诗集上签了名，而且合照了一张相。犹记得，当时他虽然频现龙钟之态，但顾盼之间，仍给人矍铄之感，立谈数小时，仍然注意集中。他在《罗伯特佛洛斯特诗选》（The Poems of Robert Forst）的扉页上，为我提了字。

当时我曾拔出自己的钢笔，递向他手里，准备经他用后，向朋友们说，曾经有"两个大诗人"握过此管，说"彩笔昔曾干气象，白头今望苦低垂"。可惜当时他坚持使用自己的一支。后来他提起学生叶公超，我述及老师梁实秋，并将自己中译的他的几首诗送给他。

我的手头一共有佛洛斯特四张照片，皆为私人摄藏。现在，佛洛斯特巨大的背影既已融入历史，这些照片更加可贵了。一张和我同摄，佛洛斯特展卷执笔而坐，银丝半垂，眼神幽淡，像一匹疲倦的大象，比他年轻半个世纪的中国留学生则侍立于后。一张是和我，菲律宾小说家桑多斯，日本女诗人长田好枝同摄；老诗人歪着领带，微侧着头，从悬崖般的深邃的上眼眶向外矍然注视，像一头不发脾气的老龙。一张和安格尔教授及两位美国同学合影，老诗宗背窗而立，看上去像童话中的精灵，而且有点像桑德堡。最后的一张则是他演说时的特有姿态。

佛洛斯特在英美现代诗坛上的地位是非常特殊的。第一，它是现代诗中最美国的美国诗人。在这方面，唯一能和他竞争的，是桑德堡。桑德堡的诗生动多姿，富于音响和色彩，不像佛洛斯特的那么朴实而有韧性，冷静，自然，刚毅之中带有幽默感，平凡之中带有奇异的成分。桑德堡的诗中伸展着浩阔的中西部，矗立着芝加哥，佛洛斯特的诗中则是波士顿以北的新英格兰。如果说，桑德堡是工业美国的代言人，则佛洛斯特应是农业美国的先知。佛洛斯特不仅是歌颂自然的田园诗人，他甚至不承华兹华斯的遗风。他的田园风味只是一种障眼法，他的区域情调只是一块踏脚石。他的诗"兴于喜悦，终于智慧"。他敏于观察自然，深谙田园生活，他的诗乃往往以此开端，但在诗的过程中，不知不觉，行若无事地，观察泯入沉思，写实化为象征，区域性的扩展为宇宙性的，个人的扩展为民族的，甚至人类的。所谓"篇中接混茫"，正合乎佛洛斯特的艺术。

有人曾以佛洛斯特比惠特曼。在美国现代诗人之中，最能继承惠特曼的思想与诗风者，恐怕还是桑德堡。无论在汪洋纵恣的自由诗体上，拥抱工业文明热爱美国人民的精神上，肯定人生的意义上，或是对林肯的崇仰上，桑德堡都是惠特曼的嫡系传人。佛洛斯特则不尽然，他的诗体恒以传统的形式为基础，而演变成极富弹性的新形式。静他能写很漂亮的"无韵体（blank verse）"或意大利十四行（Italian sonnet）其结果绝非效颦或株守传统，而是回荡着现代人口语的节奏。然而佛洛斯特并不直接运用口语，他在节奏上要把握的是口语的强调。在思想上，它既不像那位遁世为恐不远的杰弗斯那么否定大众，也不像惠特曼那么肯定大众。他信仰民主与自由，但警觉到大众的盲从与无知。往往，他宁可说"否"（nay）而不愿附和。他反对教条与专门化，他不喜工业社会，但是他知道反对现代文明之徒然。在一个混乱而虚无的时代，当大众的赞美或非难太过分时，他宁可选择一颗星的独立和寂静。他总是站在旁边，不，他总是站得高些，如梭罗。有人甚至说他是"新英格兰的苏格拉底"（Yankee Socrates）。

其次，在现代诗中，佛洛斯特是一个独立的巨人。他没有创立任何诗派。他没有康明斯或者史蒂文斯（Wallace Stevens）那种追求新形式的兴趣，没有桑德堡或阿咪·罗蕙尔（Amy Lowell）那种反传统的自信，没有史班德或奥登那种左倾的时尚，更缺乏艾略特那种建立新创作论的野心，或是汤默斯（Dylan Thomas）那么左右逢源的超现实的意象。然而在他的限度中，他创造了一种新节奏，以现代人的活语言的腔调为骨干的新节奏。在放逐意义崇尚晦涩的现代诗的气候里，它拥有坚实和明朗。当绝大多数的现代诗人刻意表现内在的生活与灵魂的独白时，他把叙事诗（narrative）和抒情诗写得同样出色，且发挥了"戏剧性独白"（dramatic monologue）的高度功能。

最后，就是由于佛洛斯特的诗从未像别的许多现代诗一样，与自然或社会脱节，就是由于佛洛斯特的诗避免追逐都市生活的纷纭细节，避免自语而趋向对话，他几乎变成现代美国诗坛上唯一能借写诗生活的作者。虽然在民主的美国，没有桂冠诗人的设置，但由于艾森豪聘他为国会图书馆的诗学顾问，甘乃迪请国会通过颁赠他一块奖章，他在实际上已是不冠的诗坛祭酒了。美国政府对他的景仰是一致的，而民间，大众对他也极为爱戴。像九缪斯的爸爸一样，颤巍巍地，也被大学生，被青年诗人们捧来捧去，在各大学间巡回演说，朗诵，并讨论诗的创作。一般现代诗人所有的孤僻，佛洛斯特是没有的。佛洛斯特独来独往于欢呼的群众之间，他独立，但不孤独。身受在朝者的礼遇和在野者的崇拜，佛洛斯特不是呼之即来挥之即去的御用文人，也不是媚世取宠的流行作家。美国朝野敬仰他，正因为他具有这种独立的敢言的精神。当他赞美时，他并不纵容；当他警告时，他并不冷峻。读其诗，识其人，如攀雪峰，而发现峰顶也有春天。

　　在他生前，世界各地的敏感心灵都爱他，谈他。佛洛斯特已经是现代诗的一则神话。上次在马尼拉，菲律宾小说家桑多斯还对我说："还记得佛洛斯特吗？他来我们学校时，还跟我们一块儿照相呢！"回到台北，在第一饭店十楼的汉宫花园中，又听到美国作家史都华对中国的新诗人们说："佛洛斯特是美国的大诗人，他将不朽！"

　　在可能是他最后一首诗（一九六二年八月所作的那首 The Prophets Really Prophecy as Mystics/The commentators Merely by Statistics）中，佛洛斯特曾说：

人的长寿多有限。

是的，现代诗元老的佛洛斯特公公不过享了八八高龄，比狄兴和萧伯纳毕竟还减几岁。然而在诗人之中，能像他那么老当益壮创作不衰的大诗人，实在寥寥可数。现在他死了，为他，我们觉得毫无遗憾。然而为了我们，他的死毕竟是不幸。美国需要这么一位伟人，需要这么一位为青年们所仰望的老人，正如一世纪前，她需要爱默生和林肯。高尔基论前辈托尔斯泰时，曾说："一日能与此人生活在相同的地球上，我就不是孤儿。"对于佛洛斯特，正如对胡适，我们也有相同的感觉。